JN146284
MR. UNCLE
BECOMES
THE HERO.
SOUFFLE
ILLUSTRATION NEKOBYOU NEKO

ミランダ
リリス
おっさん
カティ
リルム
サラリナ
ララーナ
イラスト・猫猫 猫

おっさん聖剣を抜く。

スローライフから そして伝説へ

MR. UNCLE BECOMES THE HERO.

目次

ご愛読
ありがとう
ございます！
カランッ
1番の
セクシー担当が
1番ちっこいのです。
親子の身長差に
ニヨニヨする
凸凹コンビ好きです。
イラスト担当
ねこびょう ねこ
猫猫 猫
でした。

その者。のちに・・・05
Sonomono Nochini
2017年夏刊行予定
ナハアト
イラスト 三弥カズトモ

いよいよ第一部、
完結!!
史上最強の敵、出現!
ワズとハーレムの運命は…!?
EARTH STAR COMICS

小説家になろう
45万作品の
年間ランキング
第2位！
続々重版！

1億4000万PV超の
大人気転生ファンタジー!!

魔王軍第三師団の副師団長
ヴァイト——それが、
人狼に転生した
俺の今の姿だ。

そんな俺は交易都市リューンハイトの
支配と防衛を任されたのだが、
魔族と人間……種族が違えば
考え方も異なるわけで、
街ひとつを統治するにも苦労が絶えない。
俺は元人間の現魔族だし、
両者の言い分はよくわかる。
だからこそ
平和的に事を進めたいのだが……。

やたらと暴力で訴えがちな魔族を従え、
文句の多い人間も何とかして、
今日も魔王軍の中堅幹部として頑張ります!

おっさん、聖剣を抜く。 1
～スローライフからそして伝説へ～

発行 ―――― 2017年5月15日　初版第1刷発行

著者 ―――― スフレ

イラストレーター ―――― 猫猫 猫

装丁デザイン ―――― 舘山一大

発行者 ―――― 幕内和博

編集 ―――― 古里 学

発行所 ―――― 株式会社 アース・スター エンターテイメント
〒107-0052　東京都港区赤坂 2-14-5
Daiwa 赤坂ビル 5F
TEL：03-5561-7630
FAX：03-5561-7632
http://www.es-novel.jp/

発売所 ―――― 株式会社 泰文堂
〒108-0075　東京都港区港南 2-16-8
ストーリア品川
TEL：03-6712-0333

印刷・製本 ―――― 株式会社廣済堂

ISBN 978-4-8030-1050-3

プロローグ

ある日、森の中。

一人のおっさんが、伐採していた。

――ボキッ!!

「ぐあっ――!?」

おっさんは悲鳴を上げた。

仕事道具の斧が折れてしまったのだ。

「これじゃ仕事にならねえな……」

おっさんは樵（きこり）だった。

樵であるおっさんが斧を持たねば、本当にただのおっさんだ。

「あ……そうだ！」

しかし、おっさんは思い出した。

斧の代わりにできるものがあったことを。

「確か、こっちだったか？」

樵として生計を立てるようになり二十年。

森の中の地理もかなり把握していた。

自分の記憶を頼りに、おっさんは森の奥に進んでいく。

まだ日中だというのに、森の天蓋（てんがい）が陽を遮っているため薄暗い。

木と木が絡み合いトンネルのようになった場所を抜けると、

「おっ！　あったあった」

地面に剣が突き刺さっていた。

数ヶ月前に見たものだったので、既になくなっている可能性も考えていたが、まだこの場所に残っていた。

おっさんは剣の柄（つか）を摑み、思い切り引いた。

すると――予想していた以上に簡単に剣が抜け、おっさんは拍子抜けした。

「おお、意外と綺麗じゃないか。刃こぼれもしてないな」

剣の刀身はピカピカで新品同様だ。

武器屋や道具屋では、中古の武器も多く出回っている為、店で買うよりも綺麗かもしれない。

「よし！　これを斧の代わりにしよう！」

おっさんは伐採が続けられることに一安心していた。

そしておっさんは早速その剣を振る。

——サッ。

——ドシーン!!

「おお!?」

おっさんは驚いた。

一振りで木が倒れてしまったからだ。

そして、おっさんは思った。

いい剣を手に入れたと。

物凄く満足し、それから数本の木を伐採した。

しかし、おっさん以外の人間が見ていれば誰しもが思っただろう。

あの剣はあまりにも異常だと。

だが、異常なのは当然だった。

何せおっさんが抜いた剣は、この世界に一本しかない、勇者にしか抜けない【聖剣】だったのだから。

そのことを彼——この物語の主人公であるアンクル・フレイルが知るのは、ほんの少しだけ先の話である。

第一章　彼の生きる理由

山から下りて、町で薪を売る。
今日は伐採が捗った為、いつもよりも少し多い収入を得た。
今晩は美味しいものを食べようと、奮発して食材を買った。
自宅に着く頃には、すっかり陽が暮れていた。
小さな木造の一軒家。
これがおっさんの自宅だ。
（……あ、この剣どうするかな？）
危険物を家の中に置きたくないおっさんは、庭に剣を突き刺す。
そして、
「ただいま～」
「おかえりなさ～い!!」
家に入ると、元気な声が聞こえた。

そしてバタバタと急ぎ足が聞こえ、おっさんのボディに小さな少女が飛び込んできた。

「おっと」

「おとさん！　おかえり～!!」

天使のような至高の幼女が、溢れんばかりの笑顔をおっさんに向ける。

「ただいま、リリス」

「うん！　リリス、いいこでまってた！」

「そうか。よしよし、流石は俺の娘だ」

信じられないことだが、この筆舌しがたい美少女はおっさんの娘だ。

繰り返す。

この冴えないおっさんの娘なのだ！

「あのねあのね、おとさん、みてみて～！」

「うん？　どうしたんだい？」

「りぼんね、ひとりでむすべたの～！」

そう言ってリリスは、自分の髪を縛る真っ赤なリボンをおっさんに見せた。

少し不格好ではあるけれど、ちゃんと結べている。

「おお～！　そうか～！　リリスはすごいなぁ……！」

「うん！　リリスね、これからはちゃんと、じぶんでできるから！」

「おお……そうかぁ……」

おっさんは娘の成長に感激し涙しそうになった。

嬉しくもあるが、ちょっぴり寂しくもある。

ちなみに、おっさんが付けている赤いリボン。

これは、リリスがおっさんの誕生日にくれたものだった。

それ以来、おっさんは娘とのおそろいのリボンを宝物のように大切にしている。

父娘の触れ合いはもう少し続くかと思われたが、くぅ～という音が鳴った。

「あぅ……リリス……おなかへった～……」

「なんだと!?」

大切な娘がお腹(なか)をすかせている。

おっさんにとって緊急事態だ。

「それじゃあ、ご飯にしようか。今日はデザートもあるぞ～」

「でざーとぉ～!!」

喜ぶリリスを見るおっさんは、幸せそうな父親の顔をしていた。

※

「いっただきま〜！」

「しっかり噛んで食べるんだよ」

今この家に住んでいるのは、おっさんとリリスの二人だけだった。

そうなると、必然的におっさんが料理を作ることになるので、少ない食材から娘を喜ばせる為に料理を覚えていた。

おっさんは基本的にマイペースな性格だが、娘の為ならどんなことだって頑張れる『父親』だった。

本当はもう少し稼ぎがあればいいのだが、それは今後の課題だ。

「うま〜い！」

リリスは幸せそうに料理を食べている。

テーブルに並ぶのは、軽く焼いたパンと鶏肉のレモンソース漬け、山菜のサラダだ。

そしてデザートに葡萄(ぶどう)がある。

「おとさん、ぶどうたべていい？」

「もちろんだぞ娘よ、全部食べていいからな！」

元々、娘の為に買った果物だ。

おっさんにとって娘が喜んでくれることは、何よりも嬉しい。

しかしリリスは不満そうに頬を膨らませた。

「やぁ！」

「ん？　葡萄は嫌いか？」

「ちがう～！　おとさんといっしょにたべる！」

「一緒にか？」

「うん！　いっしょのがね、おいしいのぉ！」

「……!?」

おっさんは泣きそうになった。

自分の娘ながら、本当に優しい子に育っている。

それが、たまらなく嬉しかったのだ。

「じゃあ、一緒に食べようか」

「たべる!!」

こうして、幸せな夕食の時間が終わった。

※

夕食を食べた後は、二人でお風呂に入った。

「う～ん……」

お風呂の中で、リリスは物凄く眠そうにしていた。

「ちゃんと歯磨きしてから寝ような」

「……」

リリスは素直に頷く。

お風呂から出て、言われたままにリリスは歯を磨き。

「よし、じゃあおやすみな」

「…………おとさんは？」

「う～ん、お父さんは少しお仕事があるから」

お風呂を沸かす薪がなくなっていたので、割っておこうと思ったのだ。

「……じゃあ……リリスもおきてる……」

「う～ん……」

しかし、リリスは眠そうだ。

それに子供に夜更かしをさせたくない。

「なら、お父さんももう寝ようかな」

「ほんとぉ……」

「ああ」

娘に甘いおっさんだった。

しかし、子を持つ父親なら自分の娘を甘やかしてしまう気持ちもわかるだろう。
こんなに可愛(かわい)いのだから。
そして二人はベッドに入る。
「て、にぎって」
言われるままに、リリスの手を握る。
こうしておっさんは、リリスが寝付くまで一緒にいた。
というか、気付けばおっさんも一緒に眠ってしまったのだった。

※

その日の夜。
『勇者様！　起きてください！』
声が聞こえた。
天使のような可愛らしい娘(リリス)の声ではない。
しかし、耳心地のいい綺麗な声だ。
『勇者様！　眠っている場合じゃありません！』
ユウシャ？

誰だそれは？
『聖剣をあんな風に放置するなんて！』
聖剣？　なんのことだろうか？
俺はそんなもの持っていないぞ。とおっさんは思った。
『とにかく！　起きて聖剣を家の中に入れてください』
徐々におっさんの意識が覚醒してきた。
（……うん？　夢では……ない？）
『勇者様、お願いですから!!』
この声の主は誰だろうか？
おっさんは目を開いた。
「ん……？　――んっ!?」
「勇者様！　やっと起きてくださったんですね」
『小さな少女』が、涙目でおっさんを見ていた。
しかし、おっさんが驚愕（きょうがく）した理由は別にある。
目の前にいる少女は飛んでいた。
羽がパタパタしているのだ。
「ユウシャ……って、俺のことか？」

「当たり前ですよ！　勇者様以外に誰が勇者様なんですか⁉」

そんなことを俺に聞かれても困る。

「というか、お前なんなんだ？　それと、ちょっと静かにしてくれ。娘が起きてしまう」

妖精はむふんとドヤ顔になった。

「あ、自己紹介もせずに失礼致しました。私は聖剣の妖精――カティといいます！　私の声は娘さんには聞こえていませんのでご安心ください」

そして今度はニコッと可愛らしい笑みを浮かべた。

娘に聞こえてないなら安心だ……じゃなくて――。

「聖剣の妖精？　って、なに言ってんだお前？」

「そんなこいつ頭大丈夫か？　みたいな目で私を見ないでください！」

おっさんは思った。

俺は夢を見ているのだと。

そう自分を納得させ再び眠ろうとすると。

「ゆ、勇者様‼　寝ないでください！　いえ、もう多くは願いません！　せめて寝る前に聖剣を家の中に入れてください」

妖精カティは、おっさんの服を引っ張り必死の懇願をした。

さらに、おっさんのお腹（なか）の辺りでジタバタジタバタする。

こんな子供のような仕草を見せている彼女だが、実はこの世界に存在する妖精の中でも、最上級(トップクラス)の妖精だった。

しかし、このおっさんにはそんなものは関係なかった。

おっさんにとって大切なのは、娘を除けば本当にごく一部の者だけなのだ。

妖精のことなどどうでもいい。というのが彼の正直な気持ちだ。

「勇者様ああああぁぁぁぁぁ〜〜〜〜！　お願いしますお願いしますお願いします〜〜〜〜〜〜〜〜っ!!」

だが、これほど騒がれては寝付くに寝付けない。

興味がないのと自分に被害があるのはまた別だ。

とりあえず話だけは聞くことにした。

「さ、騒ぐな……」

「ぐすん。聖剣、取ってきてくれますか？」

「そもそも俺は聖剣なんて持ってないし、ユウシャでもない」

「外です！　突き刺さってます！　あんなにグサッと!!」

妖精の口から出たキーワードを聞いたおっさんが、ポンと手を叩いた。

「もしかして、庭に突き刺した剣のことを言ってるのか？」

「そうです！　それです！　それなんです！」

必死の顔を見せる妖精カティ。

「あの聖剣を引き抜いたあなた様は、間違いなく勇者様なのです!!」

「あれが聖剣……?」

確かに異常な切れ味だった。

「なんであんなとこに聖剣があるんだ？　俺は天使のように可愛い娘がいる以外には、何も取り得のないただのおっさんだぞ?」

「勇者様がおっさんなのはいいですから、まずは聖剣をご自分のお傍に置いてください!!」

「わかった」

「わかっていただけたんですね！」

「明日の朝やる！」

「そうです早く――ってえええええ!!!???」

妖精が何を必死になっているのか、おっさんは気になった。

しかし、彼にはここを離れられない理由があった。

娘が彼の手をしっかりと握っているのだ。

そんな娘の小さな手を、おっさんは離すわけにはいかなかった。

「勇者様！　勇者様!!　ゆうしゃさまああああああ～～～～!!」

カティの悲痛な叫び声に耐えつつ、おっさんは一夜を過ごすのだった。

※

「おとさん、あさだよぉ」

天使の美声が聞こえた瞬間、おっさんは目を覚ました。

いつの間にか眠っていたらしい。

視線の先には満面の笑みを浮かべる愛(いと)しの娘がいる。

「おはよう、リリス」

「おはようございます！」

リリスの元気で可愛らしい挨拶。

おっさんは娘の頭を撫でた。

幸せな朝だ……と、感じていたのだが。

（……ん？）

腹部がモゾモゾした。

何かと思い目を向けると、小さな物体が眠っていた。

「うぅ～ゆうしゃさまぁ～」

うなされながら涎(よだれ)を垂らしているのは、妖精カティだった。

彼女の存在は、昨夜の出来事が夢でなかったことを物語っている。

「おとさん、どうしたのぉ？」

「ん……あ、いや、なんでもないよ。朝ご飯にしようか」

「うん！」

リリスには妖精の姿が見えていないようで、ベッドから飛び起きて部屋を飛び出した。

それから、おっさんは妖精カティを小突いた。

「あうっ!?　ふぇ……あれ、ここは？」

寝惚け眼(まなこ)の妖精がきょろきょろと周囲を見回す。

案の定、おっさんの腹部はカティの涎まみれだ。

「あ――勇者様!!」

「カティ……でいいんだったか？」

「は、はい！　いつの間にか眠ってしまいま――はっ!?　せ、聖剣は……あああああ～～～～まだ放置されてるじゃないですかぁっ!!」

朝からうるさい妖精だ。

「おとさ～ん、はや～くぅ！」

「ああ、直(す)ぐに行くよ」

「そうです！　直ぐに！　もう今直ぐ回収してください!!」

お前に言ったわけじゃない。と口元の涎をごしごしする妖精を見ながら、おっさんは思った。

「あんな剣どうでもいいだろ？　それよりも洗濯と朝食が先だ」

「どどどどどうでもよくありませんよぉ!!　こうしている間に、魔族が攻めてきたらどうするんですかっ!!」

「知らん」

カティが口にした魔族というのは、この世界で人類共通の悪と認識されている存在だ。

理由は単純。

魔族は魔物を操る力を持ち、人を襲う。

理由は不明だが、人と魔族の戦いは大陸の歴史と共に今も続いていた。

まあ要するに、人にとっては面倒な存在なのだ。

しかし、これから娘と楽しい朝のひと時を過ごそうとしているおっさんにとっては、それはどうでもいいことだった。

「知らんって！　知らんって酷いです！」

「そもそも、ここらは魔物なんてめったに出やしない。だから大丈夫だよ」

妖精の言葉を気にも留めず、おっさんは部屋を出た。

「おとさん、ごはん！」

「ちょっと待っててな。先にお洗濯しちゃうから」

「じゃあ、おてつだいする！」

なんていい娘なんだ。

おっさんは思わず目頭が熱くなるのを感じた。

完全に親バカだ。

世界親バカ選手権があれば、圧倒的大差で優勝してしまうだろう。

「ぁ――そうです勇者様！　洗濯に行かなくても、聖剣の力があれば一瞬でなんでも綺麗にできますよ！」

「……なんだと？」

カティの言葉に、おっさんは興味を引かれた。

「おとさん……？」

リリスが不思議そうに首を傾(かし)げる。

しまった。

カティの存在が認知できないだけで、おっさんの声は娘に聞こえている。

つまり、この場でおっさんがカティと話せば、一人言を言っているのと同じだ。

おっさんは父親として、娘に頭がおかしい人になったと思われるのだけは絶対にイヤだった。

「勇者様。聖剣を持って、綺麗になれと念じてみてください」

信じてはいない。

が、万一そんなことができるのであれば、生活が物凄く楽になる。

剣に触れるだけでいいなら……。

「……リリス、ちょっと家の中で待っててくれるか？　直ぐに戻る」

「すぐぅ？」

「ああ！」

「わかったぁ！」

おっさんは超速で外に出た。

そして庭に突き刺さっていた聖剣の柄を持ち。

（……綺麗になれ！）

念じた。

すると、涎塗れだった服が光に包まれた。

——なんだ⁉

そう思った時には、涎塗れの服は新品同様、染み一つなくなっていた。

「嘘だろ……」

唖然とするおっさん。

「どうですか！　これが聖剣の力です！　聖剣は強力な魔力を秘めていますから、ちょっとした奇跡なら、今の勇者様にも起こすことができます！」

「便利だな！　いい拾い物をした」

心からそう思った。

「そうでしょうそうでしょう。だからもっと大切に――って、ちょっとおおおおお!!」

家に戻ろうとしていたおっさんの背を見て、カティが叫んだ。

しかしおっさんの足は止まらない。

おっさんは娘に、直ぐに戻ると約束した。

用事が終わった以上、早く戻らないといけない。

約束を違える（たが）ような父親になれば、娘だって約束を違える子になってしまう。

子供を教育する親である以上、おっさんは行動でそれを示さなければいけないのだ。

「ただいま」

「おかえり～～～!!」

勢いよくダイブしてくるリリスを受けとめる。

「お父さん、直ぐに戻ってきたろ？」

「うん！　おとさん、うそつかないもんね！」

そう、おっさんは嘘は吐か（つ）ない。

それは、娘に嘘を吐くような人間になってほしくないからだ。

親であるなら、まずは自分が見本を示さなければいけない。

だから、おっさんは嘘は吐かないことに決めているのだ。

少なくとも、人を傷つけるような嘘は絶対に。

「じゃあ、ご飯にしようか」

微笑ましい親子の光景。

それとは別に、

「……こ、今回の勇者様は……史上最悪ですぅ……」

家の庭では、聖剣に寄り添うようにカティが泣き言をもらすのだった。

※

「じゃあ、お父さん仕事に行ってくるな」

「は～い！」

「扉は勝手に開けちゃダメだぞ。約束な」

「あい！」

おっさんとリリスは指切りした。

娘はいい子なので、おっさんとの約束を破ったことはない。

おっさんも、娘との約束を破ったことはない。

「じゃあ、行ってきま～す」

「いってらっしゃ～い!!」

元気な娘の声を聞けるだけで、おっさんはやる気に満ち溢れるのだった。

家を出ると、鍵がかかっているかしっかり確認する。

そしておっさんは、庭に突き刺している剣を取った。

「ついに魔王を倒す旅に出られるのですね！」

「いや、木を伐採しに行くんだ」

「そうですかついに――って、はいいいいいいいいいいいいいぃぃぃぃぃっ!?」

妖精カティの小さな身体から絶叫が青空に木霊した。

雲一つない晴れた空は美しい。

空を眺めながらおっさんは山に向かった。

※

山道を歩きながら、カティはひたすらおっさんを説得していた。

「いいですか勇者様。あなたは聖剣を引き抜いたんです！　お仲間を集めて、魔王を討伐する旅に出なければいけません。それが選ばれし勇者の定めです」

「最初にも言ったが……いや、言ってなかったか？　言ったよな？　とにかく、俺はユウシャじゃない。名前はアンクルだ」

「だから、アンクル様が勇者なんです！」

「は……？　アンクルだと言ってるだろ！」

おっさんは呆（あき）れたように口を開いた。

しかし、この時カティは『はっ!?』とした。

まさかこのおっさんは、勘違いしているんじゃないかと。

「ま、まさかとは思いますが、アンクル様は勇者を人の名前だと勘違いされているんですか？」

「うん？　違うのか？」

カティは思った。

今回の勇者様はバカだと。

「違います！　勇者は職業です！　ほら、物語に登場する、世界を悪者から救うあれです！」

「ユウシャって……ああ！　勇者のことだったのか？　あの雷の魔法とか使っちゃう感じの」

「はい！　そうです！　その勇者です！　勇者様も聖剣の力があればあのくらいできちゃいますよ！」

突拍子もない話だ。

樵（きこり）であるおっさんが、勇者になるわけがない。

しかし、この剣に特別な力があることは先程目にしている。

「……俺、勇者になったの？」

「そうです！」

「またまた」

「じんじでぐだざいぃ～～～～～!!」

もう泣き落としだ！　とばかりに、カティはおっさんに迫った。

「わ、わかった。わかったから。仮に俺が樵から勇者にクラスチェンジしたとして、それで？」

「魔王を倒す旅に出ましょう！」

「却下。仮に職業勇者だとしても、仕事は樵だ。俺は木を伐採する」

「自然破壊反対です!!」

この妖精、もうヤケクソになっていた。

「俺は娘を守るだけで精一杯のおっさんだぞ？　魔王討伐になんて行けるか」

「大丈夫です！　聖剣の力を舐めてはいけません！　伊達に聖剣なんて名前じゃないんですよ！」

「洗濯すること以外、何か使い道があるのか？」

「いっぱいあります!!」

いっぱい！　というのを全身でなんとか表現しようとするカティ。

「たとえば？」

「とても切れ味がいいので、なんでも切れます！」

「それは知ってる」

　樵にとっては大助かりだ。

「怪我が瞬時に治ります！」

「マジで!?」

「マジです!!」

　素で驚いてしまった。

　意外と凄いんだなこの剣。

　おっさんは、少し剣に興味が出てきた。

「他人の怪我を治したりはできないのか？」

「それは勇者様の職業レベルが上がれば可能です」

「職業レベル？」

　それは聞き覚えない言葉。

　しかし、それも当然だった。

「勇者様は聖剣の力によって、様々な恩恵を得ています。その力の一つとして、この世界にあるもののステータスを確認することができます」

「ステータス？　なんだそれは？」

「個人の能力値ですね。力が強いとか、魔法が使えるとか、そういうのがわかります。試しに、私のステータスを見てみてください」

「どうや――」

どうやるんだ？　と聞く前に、カティの詳細が頭の中に流れ込んできた。

名前：カティ　種族：妖精
職業：最上級妖精　年齢：不明
職業レベル：１８８
体力：７／７　魔力：９９９／９９９
力：３　守備：３
魔攻：１８０　魔防：９９９
速さ：52　運：５

プロフィール：その１
聖剣の妖精。
妖精界でも最上級の非常に格の高い存在。
勇者を導く為に、妖精王がこの世界に遣わした。

戦う力はないが、高い魔力の持ち主。

プロフィール：その2

＊＊＊＊＊＊＊＊＊＊

＊＊＊＊＊＊＊＊＊＊

＊＊＊＊＊＊＊＊＊＊

「なんだこれ？」

「それが私のステータスです。能力値以外にも、相手の詳細がわかります」

カティは魔法関係の能力がとんでもなく高い。

魔法だけで言えば、魔術を極めた賢者と言われる者たちを遥かに凌ぐ能力値だ。

本来驚くべき能力なのだが、おっさんは全く気にした様子はなかった。

なぜなら彼は、カティに興味がないからだ。

「見えないプロフィールがあるのはなぜなんだ？」

「勇者様の職業レベルが上がれば、その辺りも開示されるはずです。ご自分のステータスも見てみてください」

おっさんは自分のステータスを意識してみた。

名前：アンクル　種族：人間(ヒューマン)
職業：樵勇者　年齢：35歳
職業レベル：1
体力：76／76　魔力：0／0
力：58　守備：48
魔攻：0　魔防：0
速さ：37　運：18

「なんだよ樵勇者って！　中途半端な職業になってるぞ！」

「それは勇者様がご自分を勇者と認めないからです！」

「そんな直ぐにあ〜そうですかと言えるわけないだろ！　もう柔軟な思考ができる年齢じゃ――って、自分のプロフィールは出ないんだな」

「それは、詳細を知るまでもない。とご自身が認識されている結果だと思います」

自身のことは自身が一番良くわかっているから。ということか。

「強く望めば、ご自身のプロフィール確認も可能かと思います。こういった力以外にも、職業レベルを上げればもっと色々なことができるようになりますよ！」

「ほう……」

あまり役に立つ力ではない気がするが。

「ちなみに物のステータスを見ることもできます」

「へぇ」

おっさんは自身が持っている剣を見てみた。

武器名：聖剣　装備可能者：勇者　装備可能レベル：1
体力：？？？　魔力：？？？
力：？？？　守備：？？？
魔攻：？？？　魔防：？？？
速さ：？？？　運：？？？

詳細：その1
勇者にのみ装備が許された聖剣。
無敵の力を得ることができる。
勇者の職業レベルが上がることで、聖剣は能力値が上昇する。

「って、なんだこりゃ!?」

「やっとこの聖剣の凄さをわかってくれましたか！」

「ああ、数値が何も見えないから凄さが全くわからないぞ！」

「……」

おっさんの言葉に、カティはズーンと肩を落とした。

「何を落ち込んでいるんだ？」

「……落ち込みたくもなります。勇者様、私の話を信じてくれないんですもん」

カティが聖剣の妖精なのは本当だ。

しかし、一般人だったおっさんからすれば信じられないのも当然だった。

「あ、そうです！　他にも聖剣の力を試してみればいいんです！」

「他？　たとえば何ができるんだ？」

「勇者様のレベルが上がれば、それこそ不可能がなくなります！」

「不可能がなくなる!?」

「そうです！　勇者様に不可能はありません！」

嬉しそうに、そして誇らしそうに言うカティ。

これでこのおっさん――もとい史上最悪とも思える勇者様に、少しでも使命感が芽生えてくれないか？

そういう打算もあったのだが。

「そうか。じゃあ仕事に行かないとな」

「はい！　仲間を集めて魔王を討伐に行きましょう！」

「は？　何を言ってるんだ？　樵勇者だぞ俺は？」

「え……？」

「職業レベルを上げるなら、木を伐採しないとな」

※

そしておっさんは、ルーチンワークをこなすように木を伐採した。

聖剣の切れ味は今日も最高だ。

これは仕事がどんどん進む。

バタンバタンと伐採する中、カティだけはぷんぷんと頬を膨らませた。

「伐採はいいですから！　勇者様のお仕事といったら魔物退治ですよ！」

「ステータスを確認したら俺は樵勇者だったんだぞ。樵の勇者なら、やはり木を伐採するべきだ」

こうしておっさんの樵勇者道が始まった。

「いや、始まりませんから!!」

「急にどうした？」

「はっ——!?　す、すみません。何やら不穏な声が聞こえた気がしたので」

「そうか、怒りすぎて幻聴が。かわいそうに、疲れてるんだな」

「誰のせいですか!?」

「誰のせいだ？」

「勇者様のせいです！」

「そうか。勇者は酷いヤツだな」

「あなたのことです!!」

「俺は樵勇者だぞ？」

「うぐ……」

「ステータスはそうなっていた。だから、勇者は別にいるんじゃないか？」

「し、しかし、聖剣を抜けるのは勇者様のみです！　だから私は、まず勇者様が普通の勇者様に戻ってくれるように頑張ります！」

　聖剣の妖精カティは職務に忠実だった。

　そしてカティは真面目（まじめ）で根が素直だ。

　人を疑うことを知らない。

　だから真摯（しんし）に説得すれば、おっさんが勇者の自覚を持ってくれる。と、そう信じているのだ。

しかし、おっさんは思っていた。

万が一にも自分が勇者になる可能性はないだろうと。

「伐採！　伐採!!　伐採！！！」

倒れた木を伐採し薪を作っていく。

持ち運べる限界の量の薪を用意し終わる頃に、たらたらたったたった～!!

頭の中に音が響いた。

それと同時に、おっさんは自分の職業レベルが上がったのだと理解した。

「む、どうやらレベルアップしたようですね」

「わかるのか？」

「はい。私は聖剣の妖精です。勇者様の状況はある程度把握できます」

「そうか。で、何か変わったのか？」

「はい、ステータスを確認してみてください」

おっさんはステータスを確認した。

名前：アンクル　種族：人間（ヒューマン）
職業：樵勇者　年齢：35歳
職業レベル：1　→　2

体力：76　↓　80　魔力：0　↓　5
力：58　↓　63　守備：48　↓　51
魔攻：0　↓　6　魔防：0　↓　3
速さ：37　↓　39　運：18　↓　20

魔法：ムーブ

おっさんのステータスに魔法の項目が増えていた。

「むっ!?　魔法を覚えたぞ!?」

「ええ、勇者様ですから。魔法を覚えるのは当然ですね」

「と、当然なのか……？」

おっさんは少し前までただの樵だったのだ。

急に魔法などと言われてもピンとこなかった。

「え～と、ムーブ……？」

おっさんは魔法の効果を確認した。

魔法：ムーブ　消費魔力：5

効果：物体を瞬時に移動させることができる。

「……物体を移動？」

「ああ、これはとても便利な魔法ですよ」

「そうなのか？」

「はい。たとえば、先程伐採し割った薪。これは、どこかに持っていかれるんですよね？」

「ああ、売りに行くんだ。この町の道具屋は、生木でも買ってくれるからな」

本来、生木は乾かさなければ使うことができない為、この町の道具屋は樵にとって非常にありがたい存在だ。

その代わり、少しばかり薪の単価は下がるが。

薪を乾かす作業が省ける分、即金になるのが魅力なのだ。

「なら、それを触ってムーブを使ってみてください」

「……使うってどうやるんだ？」

「魔法名を口に出すか、念じるかで使用できます」

「面倒な呪文とかは要らないのか？」

「魔術なら呪文などの工程が必要ですが、魔法なので必要ありません」

「そ、そうなのか？」

「というか、普通の魔術師では魔法自体使うことはできませんよ？」

「うん？　どういう意味だ？」

「魔術師たちが使うのは魔法ではなく、魔術です」

カティは饒舌に語る。

真面目な彼女は世話焼きでもあった。

「魔法と魔術は根本的に違うものなんです」

「どう違うんだ？」

「魔術は学問です。魔術書を使ってしっかり勉強すれば、誰でも使えるようになるものなんです。もちろん、使用する魔術によっては一定以上の魔力が必要です。大掛かりなものになれば、特殊な道具が必要になることもあります。何かしら条件が必要になることはありますが、学問である以上は勉強すれば誰でも使えます」

この妖精、結構物知りだな。とおっさんは思った。

そんなおっさんの感心は顔に出ており、カティは嬉しそうに話を続けた。

「しかし、魔法は違います。誰でも使えるものじゃないんです。魔法は一定の職業に就いたものしか覚えることができません」

「職業次第なのか？」

「はい。それもごく一部の職業だけです。たとえば魔法使いは魔法を覚えられます。魔法使いという職業自体、魔術師を極めた極少数の者だけが辿り着ける頂ですが」

頂と言われると、魔法がとんでもない力のように思えてきた。

「魔法というのは魔術より凄いのか？」

「凄い……かどうかは効果にもよりますが、誰もが使えるわけではないので希少です。勿論、勇者様であれば尋常じゃないほど強力な魔法を覚えられると思います」

尋常じゃないほど？

どれほどだろうか？

自動で木を伐採しておいてくれる魔法とかか？

「まあ、とりあえず魔法を使ってみてください」

「わかった」

割った薪を縄で縛り一纏めにし、おっさんは手を置いた。

「触れた後、魔法の名前を口にすればいいんだよな」

「はい。それと、移動させたい場所をイメージしてください」

「わかった。じゃあ……いくぞ……」

少し声に緊張が混じっていた。

何せ初めての魔法だ。

35歳おっさん。

これから初体験。

こういう感覚は、きっと凄く久しぶりに違いない。

「む、ムーブ!!」

緊張でどもりながら、魔法を口にした。

だが、しっかりと魔法は成功し、おっさんの目の前から薪がなくなっていた。

一瞬の出来事だった。

「ま、マジで町まで飛んだのか?」

「はい。そのはずです」

「す、凄いな、魔法って」

「えへん!　凄いんですよ、勇者様のお力は!!」

なぜかカティが偉そうに胸を張った。

「樵の仕事がグッと楽になるぞ!」

「って、結局そこに結びつくんですか!!」

こんな凄い力があれば、金儲けなど簡単にできそうなものだが。

樵のおっさんは、やはり樵のおっさんだ。

「あれ……?　なあカティ、あの薪は俺の思い浮かべた場所に飛んだんだよな?」

「はい。そのはずです」

「そうなると、俺は今から町に向かわないといけないわけだよな？」

「はい。勇者様が薪をお売りになるのであれば」

「……飛ばした薪は、誰が見ていてくれるんだ？」

「え……？」

「薪だけ先に飛ばしたら、盗まれたりもするんじゃないか？」

「…………………」

饒舌に語っていたカティが口を閉じ、ゆっくりと目を逸らした。

カティの額からだらだらと汗が流れる。

「……カティさんや？」

おっさんが笑みを向ける。

それはとても優しげな笑みだった。

しかし目は笑っていない。

この妖精、マジで使えねえな。と思っているに違いない。

が、その汚名を返上するようにカティは閃いた。

「そ、そうです!!　ゆ、勇者様がムーブで町まで飛べばいいんですよ！　薪を送ったポイントに飛べば直ぐに回収できます！」

「ああ、なるほど！　流石だぞカティ。ちゃんと考えがあって、俺に魔法を使わせたんだな」

「も、勿論です！　わ、私は勇者様の不利益になるようなことはしません！」

絶対嘘だ。と、おっさんは思った。

なんとかこの事態を乗り切った。と、カティは思った。

そんな互いの内心は知らず、二人は笑みを向け合う。

「と――ゆっくりしてる暇はないな。早く町に行かなくては」

「あ、勇者様。飛ぶ前に私にも触れていただいていいですか？」

「ああ、触れないと飛べないんだよな」

「はい。勇者様ご自身は自分を飛ばしたいと思えば飛べますので」

「…………」

「どうされましたか？」

おっさんは思った。

置いていっちゃおうかな？

「置いていったら、今晩はずっと耳元で泣き叫び続けますよ」

「そ、そんなことを思ってるわけないだろ？」

なんて勘のいい妖精だ。

おっさんは諦めてカティに触れた。

「ムーブ！」

魔法を使った。

しかし、周囲の景色は木々に囲まれた森のままだ。

「あれ？」

「どうしたんでしょうか？」

「わからん。もう一回使ってみるか。――ムーブ!!」

しかし魔法は使えなかった。

すると、

「……――っ!?」

何かに気付いたのか、カティが目を見開いた。

「なんだ？　思い当たることでもあるのか？」

「あ……い、いえ……わ、私は何も？」

カティはおっさんから目を逸らした。

明らかにおかしな態度だ。

「カティ、お前は嘘を吐くような妖精なのか？」

「ううううう、嘘なんて吐いてませんよ」

明らかに挙動不審な妖精。

嘘を吐いているのは一目瞭然（いちもくりょうぜん）だった。

「そうか。残念だよカティ。お前のことといいヤツだと思ってきてたんだけどな」

「う……うぅ……ゆ、勇者様、申し訳ありません!!」

カティは頭を下げた。

「うん?」

「す、ステータスをご確認いただければ……わかります」

言われるままにステータスを見る。

職業レベル：2
体力：80／80　魔力：0／5
力：63　守備：51
魔攻：6　魔防：3
速さ：39　運：20

「あれ?　魔力が……」

「はい。魔力がないんです。今の勇者様は、ムーブを一回使えるだけの魔力しかなかったんです」

「つまり?」

「魔力が回復するまで、もう魔法は使えません……」

「…………なあ、カティ。そもそも薪を飛ばす時、俺も一緒に飛べば良かったんじゃないか？」

「はっ……!?　そ、それに気付くとは、流石です勇者様……！」

おっさんの言葉に目を見開くカティ。

彼女はとても真面目かもしれないが、どこか抜けている。

これは、そんなことに気付かされた出来事だった。

しかし、どうしたものか。

おっさんは考える。

町に送った薪は、今頃誰かに回収されてしまっている可能性が高いだろう。

なら、急いで町に向かっても意味はなさそうだ。

「まだ昼前くらいか？」

「は、はい。恐らくその通りだと思います」

「なら、もう一仕事できるな」

「え!?　と、飛ばしてしまった薪は回収しなくてもよろしいんですか？」

「できるなら回収したいが、魔力がなくては魔法は使えないんだろ？　歩いて町まで向かっても、薪はもう誰かに回収されてるんじゃないか？」

「そ、それは……」

カティはとても申し訳なさそうにしていた。

自分の失敗でおっさんに迷惑をかけたことを悔いているのだ。

「な、なら、私にできることがあれば手伝わせてください！」

「……う～ん、そうだな……」

考えるおっさん。

導き出された結論は――。

「ないな！」

「ガビーン!?」

おっさんの言葉は、カティにとってあまりにもショックなものだった。

「ゆ、勇者様、怒っていますか？」

「いや、そこまでは」

「じゃあなんで、私は何も手伝わせていただけないんです！」

「そんなに何かしたいならさせてやりたいんだが……」

「はい！　なんでも言ってください！」

「木は切れるか？」

「……む、無理です。そんな残酷なことできません！　私たち妖精族にとって、森は住みなれた我が家も同然です！　いえ、それどころか家族と言ってもいい存在かもしれません！」

「家族!? た、確かに家族を傷つけてはいけないな……」

「え……？」

「うん？ どうしたんだ？」

「い、いえ、勇者様のことですから、『ぐだぐだ言ってねえでさっさとやれ！ てやんでいべらぼうめい！』とか言ってくるのだとばかり思っていたので……」

「お前は俺をなんだと思ってるんだ！」

勇者を敬っているようで、実に失礼な妖精である。

「ま、家族が大切だっていうのは、みんなそうだろうからな」

「勇者様……」

「しかし、それなら木を伐採するところは、見ないほうがいいんじゃないか？」

「……そ、それは……。人族の方にも生活があるのは心得ていますから……。そ、それに、迷惑を掛けてしまった分、私も何かしたいのは本当です！」

「……なら、縄は結べるか？ 割った薪をまとめておいてほしいんだが？」

「……や、やったことないです」

「じゃあ、何ができる……？」

「……――無能な妖精でごめんなさい～～～～～～～～！！」

どこからそんなバカでかい声を出しているのか。

耳を塞ぎたくなるほどの泣き声に、おっさんは頭を必死で働かせた。

「そ、そうだ！　飛ばした薪がまだ残ってる可能性がある！　町に行って薪がどうなってるか確認してきてくれないか？　あったらその薪が奪われないよう見張っていてほしいんだが？」

「あ、それなら私でもできそうです！」

「なら、頼んでもいいか？」

「はい！　お任せください！　責任をもってやり遂げてみせます！」

水を得た魚のように、カティは目を輝かせる。

名誉挽回の機会が与えられたことが嬉しいようだった。

「では、早速行ってきます！」

「ああ、俺も作業が終わり次第、町に向かうからな」

「はい！　名誉挽回してみせます!!　だから勇者様、私を見捨てないでくださいね！」

それだけ伝えると、カティは小さな羽をパタパタさせて飛んで行った。

「……あんなに張り切って……」

正直、おっさんはカティにそれほど期待はしてない。

寧（むし）ろうるさいヤツがいなくなった、これで集中して作業ができそうだと思っている。

しかし、あれだけ騒がしかったヤツがいなくなると、迷惑に思っていても途端に寂しく感じるのだから不思議だ。

「……ま、あの妖精のことはどうでもいいか。さっさと仕事を終わらせて、愛しの娘に会いに帰るぞ～！」

そう決意したおっさんは、パパッと伐採を終わらせるのだった。

※

おっさんが伐採に励む中、カティは急ぎ足ならぬ急ぎ飛行で町に来ていた。

おっさんたちの生活する大陸は、クルクアッド大陸という。

そしておっさんの拠点とする町は、大陸の中央北部にあった。

この大陸は中央に行けば行くほど栄えた町が多い。

それは、中央部に王都があるからだ。

「うぅ……急ぎすぎて羽が痛いです……」

小さな羽をパタパタし過ぎたせいでかなり疲れていたが、休んでいる暇はない。

「勇者様の為に、薪を見つけないと！　……はっ!?　ムーブでどの辺りに飛ばしたのか聞いてくるの忘れてしまいました!?」

やはりこの妖精、少しポンコツのようだ。

「……ま、まあ、見て回ってるうちに見つかるはずです！」

希望的観測。

心配性なのか楽観主義なのか。

しかし、行動力と立ち直りが早いのは、この妖精のいいところだろう。

「う～ん……どこにあるのでしょうか？」

王都ほどではないが、この町――ストロボホルンはそれなりの規模の町で、多種多様な種族が生活を営んでいる。

カティの目に入っただけでも、人間や狼人、猫人に犬人、後は半森人などがいた。

様々な店が並び、多くの人の活気で溢れている。

このお店の中で薪を買い取りそうな店はどこだろうか？

「……う～～～ん？　道具屋さんでしょうか？」

いろいろと探してみたが、それらしい物はない。

すっかり陽も暮れてきてしまった。

やはりもう誰かに盗まれてしまったのだろうか？　とカティが考えていると。

「あれ……？」

店が立ち並ぶ場所からさらに先。

小さな建物の入口の直ぐ横に、まとめられた薪が置かれていた。

「あああああああ、ありましたあああああああああ!!」

カティ大興奮。

縄で綺麗にまとめられたその薪は、確かにおっさんが伐採したものだ。

急いで薪の下に向かおうとしたのだが、唐突に行く道を遮られた。

「なあああっ!?」

思わず急ブレーキ。

なんとか衝突は免れた。

「な、なんなんですかあぁっ!?」

むっ！　と睨むように前を見ると、小さな女の子が店の前を走っていくのが見えた。

狼人（ウエアウルフ）の女の子だ。

年の頃はおっさんの娘よりもいくつか上だろうか？

薪の前で立ち止まると、その子はキョロキョロと周囲の様子を窺い始めた。

「……ま、まさか……!?」

イヤな予感がした。

さらに、カティのその予感は当たってしまう。

「だれも、みてないよね……？」

少女はそう口にして、小さな身体で薪を持ち上げようとする。

肩にかかった焦げ茶色の髪がサラリと揺れた。

「ええええええ!?　ちょ、ちょっとあなたあああ!!」

当然、カティの声は普通の人族には聞こえない。

だから叫ぶだけ無駄だ。

しかし、叫ばずにはいられないカティであった。

「……よし！　これをかいとってもらえれば……」

「や、やはり盗もうっていうんですか!!」

少女は薪を抱えようとした。

だが、小柄な少女にこの薪は重く、持ち上げることができない。

「んしょ、んしょ……」

「ちょ、ちょっとあなた！　それは勇者様のですよ!!」

それでも少女は諦めず、縄を持ち薪を引っ張った。

なんとか店の扉の前まで持って行き、少女は店の扉を開こうとした。

その時――。

「おい、お前!!」

「え……」

背後から野太い声が聞こえ、少女は肩を震わせゆっくりと振り向いた。

カティも一緒に声の方を振り向く。

二人の視線の先には、目付きが悪くスキンヘッドでいかにも柄の悪そうな男がいた。

背には薪を背負っているところを見ると、どうやらこの男も樵のようだ。

「……おいクソガキ、テメェーの持ってるそりゃなんだ？」

「っ……!?」

盗賊風の男が睨むように目を細めると、少女はビクッと身体を震わせた。

「こ、これは……」

「盗んできたのか？」

「ち、ちがっ――」

「嘘吐くんじゃねえ!!」

怒声とともに、男は少女の身体を激しく突き飛ばした。

小柄な身体が地面に勢いよく倒れ、少女の身体に擦り傷を作った。

「あぅ……」

「な、なんてことするんですかっ!!」

カティが少女を守るように前に出た。

しかし、妖精であるカティの姿は男には見えていない。

「その薪はよぉ、オレがそこに置いておいたもんなんだよぉっ！」

「こ……これはあたしのだもん!!」

男の言うことは明らかな嘘だ。

そして少女の言うことも嘘だ。

何せこの薪はおっさんのものだから。

どちらも嘘を吐いている。

悪いことをしている。

だけど――。

「んだとクソガキがぁっ！　とっとと失せろ！」

「あぐっ……」

男は倒れている少女の腹部を蹴った。

少女の顔が苦悶に歪む。

「ったく、その歳で盗人なんて親の顔が見てえもんだ」

「っ!?　――お、おかあさんは、かんけいないっ!!」

「あん？　どうせ親も盗人なんだろ？」

「ちがう！　あ、あたしだって、すきでこんな――」

「はん。ま、痛い目にあいたくなけりゃそれをよこしな」

「や、やだ！　――あうっ……」

再び男が少女を蹴った。

「こ、ここまですることないじゃないですかっ!!」

カティは怒っていた。

この狼人(ウエアウルフ)の少女とカティは何も関係がない。

だが、こういう非道な行為を見て見ぬふりなどできない。

「これ以上酷いことをすることは、私が許しませんっ！！！」

相手に自分の声は届いていない。

そんなことすら忘れ、カティは叫んだ。

「おらっ、さっさとその薪をよこしなっ!!」

「い、いやだ！　これはあたしのだ！」

「そうかよ、もっと痛い目にあいたいかっ!!」

少女に暴力が振るわれかけたその時、カティは魔法を唱えた。

「大地よ――!!」

すると地面から男の両足を拘束するように蔓(つる)が飛び出した。

「な、なんだこりゃああっ!?」

「え……?」

人相の悪い男が、突然のことに目を見開き動揺を見せた。

ジタバタするが足下の拘束は外れそうにない。

カティは攻撃の為の魔法も持っているが、こんな男でも傷つけたくはないと思ってしまったのだ。

魔力が高いだけあって実はカティは魔法が得意なので、ただの樵の男を倒すのなんて容易だったりするのだが。

「さあ、今のうちに逃げてください!!」

叫ぶカティ。

しかし、カティの声は狼人（ウエアウルフ）の少女に全く伝わっていなかった。

「……!」

それどころか、今がチャンスとばかりに薪を抱えようとしていた。

「そ、そんなことしてる場合ですか!!　って、私の声は聞こえないんでしたっ!!」

大切なことを忘れている辺り、カティはやはりアホだった。

「ま、薪はいいですから逃げるんですよ！」

「んしょ、んしょ、ううう重い～～～!!」

少女にはお金が必要な理由があるのかもしれない。

しかし、こんなに傷ついてまで必要なのだろうか？

何をこんなに必死になってるんだと、カティは少女にも激怒しそうだった。

「ぐっ、なんなんだよこれはぁ!!　くそがっ!!　こうなったら――」

拘束されていた男が斧を手に持ち、蔓に振り下ろした。

何度も叩きつけるように振り下ろされて、太い蔓が切れてしまう。

「おいクソガキぃっ!!　その薪はオレのだと言っただろうがっ！」

「う、ウソつかないで！　これがおじさんのだってしょうこはあるの!!」

人間の男が、狼人（ウエアウルフ）の少女に詰め寄っていく。

「ああ!?　もう！　直ぐに逃げないから！」

カティはどうするか悩んでいた。

何か少女を助ける手段はないかと。

「こんな時、勇者様がいてくれたら……」

「――え？　俺がいたらなんだって？」

「あの女の子を守ってくださるに違いな――って、勇者様!?」

カティは喜び3、驚愕7という感じで目を丸めた。

仕事が終わったおっさんが、割った薪を売る為に道具屋の前まで来ていたのだ。

「カティ、薪は見つかったのか？」

「ゆ、勇者様、そんなことより早くあの子を助けてください！」

カティが真剣な眼差しをおっさんに向けた。

おっさんも、直ぐに状況を理解していた。

狼人（ウエアウルフ）の少女に男が迫っている。

何かトラブルがあったのは一目瞭然だった。

「さあ勇者様、勇者らしいご活躍を!!」

「やだ」

「流石勇者様で――って、ちょおおおお!?　即答ですか!!　小さな女の子が襲われようとしてるんですよ！」

「どうせ盗みでもしたんだろ？」

「うぐっ……」

思わず口を閉じるカティ。

「見た感じ、あの身なりだと貧民街のほうから来た子だろ？　あの男のサイフでも取ったんじゃないか？」

「ち、違います！　た、確かにあの子は盗みをしようとしました。でも、取ろうとしたのはあの男の物じゃないんです！」

「そうか。ま、俺には関係ないことだ。それよりも、さっさと薪を買い取ってもらわねば」

おっさんは、直ぐに帰って愛しの娘に会うことしか考えていなかった。

彼の世界の中心は娘のことだけなのだ。

「勇者様！　あの子の傍に落ちてる薪を見てください！　あの男は勇者様の薪を盗もうとしてるんですよ！」

「ん？」

カティに言われ、おっさんは足を止めた。

薪——という言葉が気になったのだ。

そして彼の視界には、自分が伐採した薪が目に入った。

直後、おっさんの身体が動いていた。

「おい、あんた」

「ちっ——なんだあんたはっ!?　こっちは今取り込み中なんだよ！」

おっさんに肩を摑まれ、人相の悪い男が振り返る。

男は如何にも機嫌が悪そうだった。

「それは悪かった。だが、一つ確認したいことがあるんだ。な～に、直ぐに終わる」

「あん？」

「あんた、その薪を盗もうとしたってのは本当か？」

「っ……ぬ、盗む？　なんのことだ？　あれはオレが割った薪だ」

「へぇ……そうか。なるほど、よくわかった」

「な、何がわかったってんだ？」

「ああ——あんたが嘘を吐いてるってことがだよ」

「なっ……!?　しょ、証拠はあんのかよ!?」

「あるさ。一つは縄の結び目だ。俺は薪を縛る際に、結び目をちょうちょ結びしている」

ちなみにそれは、娘に見せたら可愛いと評判だった為だ。

おっさんにこだわりがあってしてることじゃない。

「あんたが背負ってる薪は、そうじゃないみたいだな？」

「た、たまたま結び目を変えることだってあるだろうがっ!!」

「まだ嘘を吐くのか？　証拠は他にもあるんだぞ？　薪の断面を見てみろ。あんたが背負ってる薪と、俺が割った薪じゃ断面がまるで違うはずだ」

聖剣で割られた薪は、とんでもなく断面が美しい。

おっさんの樵としての腕は勿論だが、聖剣の切れ味が半端じゃないからだ。

これは真似をしようとしても、簡単にできるものではない。

「確認してみてもいいぞ？　今俺が背負ってる薪と、その地面に置かれている薪の断面は驚くほど美しい。だが、あんたの背負ってる薪はどうだ？　あんたが俺と同じくらい、綺麗に薪を割れるならこの場で証明してみろよ？」

「ぐっ……」

「一つ言っておくぞ。樵としての誇りがあるのなら、二度とくだらない嘘を吐くんじゃねえ!!」

「ぐうううう、くそがあああ!!　何が樵の誇りだ。そんなもんじゃ飯は食えねえんだよ！」

「なら腕を磨け！　そうすれば生きる分くらいは稼げるようになる！」

「稼げるようになる？　笑わせんなっ！　おっさんが、ドヤ顔で語ってんじゃねえよっ‼」

逆上した男が持っていた斧をおっさんに向けた。

「殺されたくなきゃ、あんたが背負ってる薪も置いていけっ！」

「……斧を人に向けるとは……お前、樵としての常識がないのか？」

「さっきからごちゃごちゃとうるせえんだよっ！　いいか、オレは本気だ――おばっあああっ⁉」

おっさんは男の顔面を殴った。

顎を綺麗に打ち抜くフックだった。

「いいか樵見習い。斧は――人に向けるもんじゃねえっ‼　木を伐採し丸太を割り、薪にする為の物なんだよ！　俺たち樵が糧を得る為の大切な商売道具を、人を傷つける為に使ってんじゃねえ！

それが樵の常識だろうがっ！」

おっさんはキレていた。

樵の商売道具は人を傷つける為にある物ではない。

やってはならないことを、このスキンヘッドの男はやったのだ。

とはいえ、おっさんのフックを喰らったことで、男は既に倒れ気絶していたのだが。

「さ、流石勇者様です！　聖剣の力を使わずに暴漢を倒されてしまうなんて！」

「全く、樵の風上にも置けんヤツだ。同業者として恥ずかしくなる……」

倒れている男を見ようともせず、おっさんは自分の薪を拾おうとした途端。

「だ、ダメ!!」

「なんだ？」

狼人の少女が、薪を守るように覆いかぶさってきた。

「こ、これはあたしのだ！」

「それは俺のだ」

「ま、待ってください勇者様、この子にはきっと、何か事情があると思うんです！」

「事情？　それで嘘が許されると？」

「そ、それは……で、でも、その事情を聞いてあげるくらいはしてあげてもいいんじゃないですか!!」

カティは初めておっさんに強く進言した。

心優しい彼女は、どうしても少女のことを放ってはおけない。

何か力になりたいと思ってしまったのだ。

対しておっさんには、この少女の力になろうなどという気はもうとうない。

仮に今手を差し出したとしても、それは優しさではなく偽善だ。

もしも彼女を助けようというのなら、『今だけ』ではダメなのだ。

それは少女の為にはならないから。

「……お前がもし孤児なら、町の施設に入れ。もしくは教会を頼れ」

「お、おかあさんがいるもん！」

「母親？」

「……」

おっさんの問いに、返事はなかった。

狼人(ウェアウルフ)の少女は耳をしゅんとさせる。

「お前、貧民街に住んでるのか？」

「……だったらなんだよ」

少女はぎゅっ！　と眉を顰(ひそ)めた。

やはり貧民街の子供のようだ。

そのことで辛(つら)い目にもあってきたのは容易に想像できる。

「……勇者様……」

うるうるとした目で、おっさんを見るカティ。

そんな目で見られても困る。というのがおっさんの心境だ。

「母親の為に盗みをしているのか？」

「……ち、ちがう！　これはあたしがかってに……」

少女はおっさんから目を逸らす。

やはり、盗みをしていることで疚(やま)しい気持ちがあるようだ。

「お前、名前は？」

「……な、なんであんたに、なまえをいわなきゃいけないんだよ！」

「言えないなら、勝手に調べるからいいぞ？」

「しらべる？」

おっさんは少女のステータスを見た。

名前：リルム　種族：狼人（ウエアウルフ）
職業：貧民街の子供　年齢：10歳
職業レベル：1
体力：12／12　魔力：0／0
力：7　守備：5
魔攻：0　魔防：0
速さ：15　運：8

プロフィール：その1
貧民街出身。
母親と一緒に暮らしている。

父親は――

「おっと……」

おっさんはステータスの確認をやめた。

あまり余計なプロフィールを見るのは良くないと考えたのだ。

「リルムっていうんだな」

「っ!?　ど、どうしてそれを!?」

薪に覆いかぶさっていた少女――リルムが吃驚（びっくり）した様子でバッと身体を起こした。

「樵だからな。それくらいはわかる」

「そ、そうなの?」

「ちょ、ちょっと勇者様、こんな小さな女の子を騙さないでください！」

カティの言葉は無視した。

そもそも、騙してはいない。

何せおっさんは樵勇者なのだから。

「リルム、金を稼ぐには労働という代価が必要だ。何もせずにお金を稼ぐことはできないんだ」

「……そ、それは……」

「その薪だって、俺が木を伐採し丸太を割って手に入れたものだ。時間を掛けて働いて手にしたものなんだ」

「……」

リルムはおっさんから顔を背けた。

狼人の象徴である耳や尻尾が力なく垂れていた。

自分は悪いことをしている。

少女もその認識はちゃんと持っているのだろう。

「……で、でもはたらきたくても、あたしははたらかせてもらえない。ガキだからって、ひんみんがいしゅっしんだからって、みんないうんだ……」

「そうだろうな」

貧民街の者たちは、身分がはっきりしない者が多い。

実際のところがどうかはわからないが、犯罪者たちが行き着く先——などと揶揄されている。

荒くれ者も多く、街の衛兵たちですら放置している有様だ。

勿論、街中で暴れていれば取り締まりはするだろうが、貧民街で暴力行為が行なわれていたとしても気にも掛けないだろう。

「……だけど、おかねがなくちゃいきていけない。だからあたしは……」

「生きていく為なら盗みだってやる……と」

リルムは顔を上げ、おっさんの目を力強く、真っ直ぐに見た。

その瞳には決意が秘められている。

「なら、盗みなんかしないで働け。それだけの決意があるなら、なんだってできるさ」

「だから、あたしははたらきたくても、はたらけ――」

「俺は今から薪を売ってくる。その間にお前は衛兵を呼んでこい。そこでぶっ倒れてるヤツを衛兵に突き出さなきゃならん」

「……え？」

「その対価に、お前に薪を売った報酬をやる」

「……ほ、ほんとう？」

「ああ。その代わり、俺の気が変わらないうちにさっさと行け」

「……ぜ、ぜったい、いなくなったりしないでよね！」

少しばかり不安そうに口にして、リルムは全速力で走っていった。

少女の背中を見守るおっさんの姿を、妖精カティは微笑ましそうに見ていた。

「なんだ？」

「勇者様はやっぱり勇者様です！」

「言っておくが、別にあの子を助けたいと思ったわけじゃないぞ？」

「またまた～」

この妖精、調子に乗ると少しうざい。

「……ふんっ。それよりお前、薪を盗まれそうになっていたようだが？」

「あう……そ、それは……」

カティに意地悪を言った後、おっさんは薪を抱えた。

おっさんが少女に手を差し伸べたのは、本当に彼女を助けたいからではなかった。

人は平等ではない。

おっさん自身、35年間の人生でそれが当然だということは身にしみている。

盗みをしなければ生きられない。

次の食事にも困っている者がいる世界だ。

そういうヤツらは死んで当然――とまでは思っていないが、どうにもならないことはあると、35年間も人生を生きていれば諦めくらいは覚える。

だが、おっさんも娘のいる父親だ。

母親の為に盗みまでしているあの少女の姿が、自分の娘と――リリスと重なってしまったのだ。

もし自分に何かあったら、リリスはまっとうには生きていけない。

それこそ盗みに手を出さなければいけなくなる。

娘のことを考えてしまったおっさんは、彼女を他人と思えなくなっていたのだ。

だから、おっさんが少女を助けた理由があるとすれば、娘のことを思ってしまったからだった。

「……さっさと帰らないとな」

おっさんは呟いて、道具屋に入るのだった。

※

「アンクルさん、今日は大量だったわね。毎日ありがと～！」

「ああ、また明日頼むな」

道具屋で今日伐採した薪を売ると銅貨80枚になった。

この国の通貨は金貨、銀貨、銅貨の順に価値が高い。

銅貨１００枚で銀貨１枚、銀貨１００枚で金貨１枚と同価値だ。

リンゴが銅貨３枚、パン１斤が銅貨５枚、おっさんが使っていた安い斧で銅貨30枚といったところだ。

ちなみに昨日までは１日銅貨30枚ほど稼げればいいほうだったので、銅貨80枚というのはとんでもない稼ぎだった。

聖剣のお陰で伐採が楽になった結果だ。

これでまた娘（リリス）に美味しい物を買ってやれる。

娘のことを考えると、おっさんは一刻も早く帰りたい衝動に駆られた。

が、おっさんとカティは道具屋の前でリルムを待っていた。

「……そろそろですかね？」

「そうだな……」

二人は未だに倒れているスキンヘッドの男を眺めていた。

おっさんがぶっ飛ばしてから、未だに気絶している。

「勇者様。念の為、あの人を縛り上げておいたほうがいいんじゃないでしょうか？」

「めんどくさいからいいよ」

娘のことと樵の仕事以外には、基本ぐうたらなおっさんである。

「お～い、おじさ～ん!!」

衛兵を連れてリルムがやってきたのは、おっさんと妖精がこんな話をしてから直ぐのことだった。

「やっと来たか」

「はぁはぁ……ご、ごめんなさい、遅くなって……」

息を切らせているところを見ると、本当に急いで来たのだろう。

「いや、大丈夫だ。一生懸命走ったんだな」

「あ……」

おっさんは少女の頭を撫でた。

ぼ～っとした後、少女は照れたように笑い、頬を赤く染める。

子供相手に自然にこういう行動ができるのは、彼が父親だからだろう。

それからおっさんは衛兵に顔を向けた。

「この倒れてるヤツが斧で俺を襲ってきたんだ」

「あ～話は聞いてるよ。まったく……町中で斧を振り回すとか物騒な……って、ありゃ……こいつは……？」

「どうしたんだ？」

「いや、実は最近盗難の被害が多くてな。被害にあった人たちから聞いた犯人の特徴と、随分良く似てると思ったんだ。うん……この凶悪顔、間違いない！」

倒れている男はスキンヘッドの凶悪顔なので、記憶に残る風貌だ。

「なら、丁度いいじゃないか」

「ああ、うまくいけば手柄になるかもしれ――いや、あれだ。手柄になったら一杯奢（おご）らせてくれ」

「気にするな。町の警備はあんたの仕事なんだ。この男はあんたが捕まえた。それでいいさ」

正直、凶悪犯を捕まえたことで、このあと話を聞かせてくれと言われるほうが面倒だ。

おっさんは、早く娘に会いたかった。

「す、すまないな。また何かあったら声を掛けてくれ。おれにできることなら手伝わせてもらう」

上機嫌な衛兵が、直ぐに男を縛り上げた。

「あん……こ、ここは……？」

スキンヘッドの男が目を覚ました。

ぼ～っとした顔で周囲をうかがっている。

「お、起きたか。運ぶ手間も省けた。ほら、さっさと立て!!」

このまま詰所にでも連れていくのだろう。

そして尋問が終わり次第、牢屋へといったところだろうか？

「ぐっ、クソが！　衛兵か！　くそっ、なんでオレは……」

しっかりと縄で縛られている為、男は動けない。

だが男の目におっさんの顔が映った。

「クソがっ！　テメェが!!　テメェーさえいなければ!!」

と言う男に、

「お、お前が、お前が俺の薪を盗もうとしなければ!!」

おっさんはふざけて言い返した。

「ぷふっ――ゆ、勇者様、い、いけません。そんなに挑発しては……ぷぷぷっ……」

窘(たしな)めるように言うカティだが、必死に笑いを堪(こら)えていた。

この妖精は本当にいい性格をしている。

「ふ、ふざけやがって！　テメェ覚えてやがれ!!　オレの名前はザケル！　このままじゃ済まさねえええええっ!!」

「そうか、ザコルか。覚えておこう」

「ザケルだ！！」

「おい、ザケでもザコでもいいからさっさと来い！」

こうしてザコ――もといザケルは衛兵によって詰所に連れて行かれた。

「全く、騒がしいヤツだったな」

「全くですね。牢屋で反省してほしいです」

おっさんとカティが喚く男を見ながら言った。

「あ、あの……おじさん、あたしのせいで……なんだかごめんなさい。あいつにうらまれたんじゃ……？」

「別にリルムのせいじゃない。それより、ほら」

そう言っておっさんは小さな布袋を投げた。

「え……？」

「銅貨40枚だ。節約すれば数日分の食事代くらいにはなるだろ？」

「こ、こんなにもらっていいの!?」

「言っただろ？　労働には対価がある。お前は俺が頼んだ仕事をしっかりこなしてくれた。その対価だよ」

「……」

おっさんの言葉を聞き、リルムは下唇を噛んだ。

瞳には涙が溜まっている。

「ど、どうしたんだ？」

「……ぐすっ……」

結局堪(こら)えきれずに、リルムの目からは涙が零(こぼ)れた。

「なんで泣くんだ？」

「だ、だって……あたし、おかあさんいがいに、こんなやさしくしてもらったの、はじめてだったから……」

貧民街で育ってきた少女は、ずっと生きるのに必死だった。

10歳——決して長いとはいえない人生の中で、少女にとっては迫害されることが当たり前で辛いことが多いだけの毎日。

差別や略奪を繰り返される、それが当たり前の日常だった。

なのに、おっさんは違った。

リルムに対してまるで対等だと言うように、当たり前のように嘘も吐かずに、労働の対価だとお金を渡してくれた。

それはこの狼人(ウェアウルフ)の少女にとって、今まで触れたことのないような優しさだったのだ。

勿論、そんなことをおっさん自身は知らないけれど。

「当たり前のことで泣くな」

「で、でも……うれしくて……」

「嬉しいんなら喜べ。そのほうが、俺だって嬉しい」

「おじさんが、うれしいの？」

「ああ、そりゃ泣かれるより笑ってくれたほうがいい」

「ぐすっ……」

リルムは泣きながら笑った。

それは不器用な笑みだった。

この少女は、あまり笑ったことがないのかもしれない。

「ははっ、変な顔だな」

「ひっ、ひどいよ！　へんなかおって！」

おっさんは笑って、少女は怒った。

でも、少女の顔は直ぐに笑顔に変わっていた。

それはおっさんが本当に優しそうに笑っていたから。

流れる涙もすっかり止まり、少女の心の中は温かい気持ちで満たされていたのだった。

※

「じゃあ俺はもう行くからな」

「あ、あの……お、おじさん……！」

「なんだ？　あ、まさか、もっと金をよこせとか言うんじゃないだろうな？」

「そんなこといわないよ！」

「そうか。じゃあなんだ？」

「あ、あのね……」

少女は何かを躊躇(ためら)っていた。

おっさんに言いたいことがあるようだが、遠慮から言い出せずにいるようだ。

「どうしたんだ？」

「う、ううん！　なんでもない！　おじさん、きょうは、ほんとうにありがとう！」

「おう！　ちゃんとお礼を言えるなんて偉いぞ。そういう礼儀ってのは、生きていく上で忘れちゃいけないからな」

「……れいぎ？」

「そうだ。人は一人で生きてるわけじゃない。俺みたいな樵だって、薪を買い取ってくれる店があるからお金が手に入る。食べ物を作ってくれる人。町を守ってくれる人。服を編んでくれる人。みんながいるから、今の生活がある。生きていれば他人との係わり合いってのは絶対必要なことなんだ。だから生きていく為に、最低限の礼儀ってのは身につけてないといけない」

「さいていげんの……れいぎ……」

35歳おっさんの処世術を、10歳の少女が真面目な顔で聞いていた。

「これ以上話していると、なんだか説教っぽい話になってしまいそうだ。それじゃ俺は行くからな。お前も気をつけて帰れよ」

「……うん。おじさんもきをつけて」

こうして二人は別れた。

おっさんは振り返らない。

もう既に頭の中は、娘にお菓子でも買って帰ろうとか、娘に新しい洋服を着せてあげたいとか、そんなことばかり考えているからだ。

しかし、リルムはおっさんの背中が見えなくなるまで見送った。

そしてリルムは、おっさんの言葉を守り、もう一度おっさんに深く感謝した。

この日、狼人(ウエアウルフ)の少女リルムの人生において、なくてはならない恩人になっていたのだった。

※

「勇者様はやっぱり勇者様です！　聖剣に選ばれた方だけあって、とても立派です！」

「カティ、さっきからうるさいぞ」

おっさんがリルムを助けたことで、カティは鼻息荒くおっさんを絶賛していた。

買い物をしている間、ずっとこれだ。

いい加減うざいな。と、おっさんは感じていた。

「私は感動したんです！　娘さんのことと樵の仕事にしか興味ない勇者様が、あんな立派に一人の少女を救うなんて！　ああ、私は今日、初めて勇者様が勇者様だと思えました」

いままでは思ってなかったのか。

口に出すのも面倒だったので、おっさんはその言葉を胸にしまった。

カティの絶賛を聞き流しながら、買い物を終えて町を出た。

「おっと、その前に剣を回収しなくては」

「え……剣を……って」

「町に剣を持ったまま入るわけにはいかないだろ？　外壁の前に突き刺しておいたんだ」

「ああ、そうですよね――って、何やってるんですか勇者様あああああああぁっ!!」

おっさんの耳元で、カティは絶叫した。

「いや、流石に剝き出しの剣を持って町に入ったら衛兵にスタアアアアップされちゃうだろ？」

「されちゃうだろ？　じゃありません!!　この聖剣は世界に一つしかないんですよ！　もっと大切に扱ってください!!」

「わかったわかった」

　家に着くまでずっとカティの説教は続いた。

※

　そしておっさんは再び聖剣を庭に突き刺した。

「ちょ!?　ゆ、勇者様！　私の言ってること理解してます？　大切に扱ってくださいって言いましたよね？」

「こんな物を家に入れるわけにはいかないだろ？」

「こ、こんなものって!?　聖剣ですよ！　勇者の証ですよ！」

「いや、そういうのどうでもいいんで」

　へなへな……と力なくカティは聖剣の前に膝を突いた。

　そんなカティを気にもせず、おっさんは家に入った。

「おかえり～～～～～～!!」

「ただいまリリス」

　扉を開けた途端、バタバタと走ってきたリリスがおっさんの胸にダイブ。

　可愛らしい娘の行動に、おっさんは胸がいっぱいになった。

なんて可愛い我が娘。

この子の為なら粉骨砕身なんでも頑張れる。

おっさんは、リリスの笑顔を見る度にそんなことを思っていた。

「今日はお菓子を買ってきたんだ」

「おかし～～～!!」

目を輝かせ、きゃっきゃと喜ぶリリス。

「夕飯の後に食べような」

「うん！　おとさんありがとぉ！」

やはり自分の娘は天使だ。

そんなことを思ってしまうのは、親なら当然のことだろう。

二人は幸せな団欒を過ごした。

しかし、そんな二人とは別に庭にはどんよりとした妖精が一人。

「うぅ……妖精王様。今回の勇者様は本当に手ごわいです……」

カティは泣きそうな声で愚痴を零しているのだった。

※

夕飯を食べてから、おっさんは買ってきたお菓子をテーブルに並べた。

「これなに～？」

「これはな、チョコレートっていうんだ」

「ちょこぉ？」

「ああ、とっても甘くて美味しいぞ」

この世界は嗜好品の類いは高級品なのだが、聖剣の恩恵で稼ぎが二倍以上になったおっさんが娘の為に買ってきたのだ。

実はちょっと無理をしたのは内緒だった。

ちなみにこの板チョコ一枚で銅貨30枚。

パンが6斤買える価格と考えると、庶民が手を出していいものではないことがわかる。

「ほら、食べてみな」

「うん！」

板チョコを半分に割ってリリスに渡す。

するとリリスは直ぐにカプッと噛み付いた。

「……!?　ふあぁ～」

幸せそうな声を上げ、表情を蕩(とろ)けさせる娘を見て、おっさんも幸せそうに笑う。

「おとさん、これと～ってもおいしいっ！」

「そうか、ならまた買ってくるな」

「うん！　はい、おとさんもたべて」

「いいのか？」

「うん！　あ〜ん」

娘がチョコをおっさんの口元に運んだ。

なんて優しくて可愛いんだウチの娘は。

もしかしたら女神の生まれ変わりかもしれない。

本気でおっさんはそんなことを思っていた。

「もぐもぐ」

「おいし〜い？」

「ああ、甘くて美味しいな」

娘が喜んでくれるなら、これほど嬉しいことはない。

また買ってこよう。

おっさんは娘の笑顔を見ながらそう決めた。

父と娘は寝るまで家族の団欒を過ごすのだった。

ちなみに、精神的に疲れ切った妖精カティは庭で寝ていた。

第二章　リルムの頼み

「じゃあ行ってくるな」

「いってらっしゃ〜〜い！」

天使のような娘に見送られ、今日も今日とておっさんは山に伐採に向かった。

「くちゅん」

可愛（かわい）らしいくしゃみをしたのは、今日も今日とておっさんに付いていく妖精カティだった。

「なんだ風邪か？」

「外で眠っていたので、寝冷えしたのかもしれません」

妖精も寝冷えとかするんだな。と、おっさんは思った。

「無理せず家に入ってくれれば良かったのに」

「昨日はあのまま眠ってしまったんです。まあ、我々妖精は自然界の力を糧に直（す）ぐに怪我や病気を治すことができるのでご心配なく」

「別に心配していない。ただ、ちょっと気になっただけだ」

「う～、ならもっと心配してください～」

適当な扱いにカティは嘆いた。

しかし、今の発言はおっさんにとって、カティが少し気になる存在になったということ。

その事実に、おっさん自身もカティも気付いていなかった。

「ところで勇者様、今日こそは魔物を倒してレベルを上げられるのですか？」

「いや、伐採に行くぞ」

「そうですよねぇ……」

流石(さすが)にカティも、おっさんの行動原理はもう理解してきている。

娘のことと樵(きこり)の仕事。

この二つが勇者様の世界の中心だと。

「むぅ……ま、まあいいです。樵の仕事をしても、とりあえずレベルは上がるようですし」

「レベルを上げておくことに意味があるのか？」

「それは勿論です！　いざ強敵が出現した際の用心です。明日には魔王がやってくるかもしれません！」

「へぇ、魔王って暇なんだな」

「軽いです！　勇者様めっちゃ軽いです！」

この辺りにはほとんど魔物は出ない。

そもそも、出ても衛兵が対応するはずだ。

ドラゴンでも出るのであれば話は別だと思うが。

「ま、とにかく今は伐採に励もう」

そしておっさんは今日も森の中で伐採をした。

※

今日の仕事を終えると、たらたらたったたった～～～♪

レベルが上がった。

名前：アンクル　種族：人間（ヒューマン）
職業：樵勇者　年齢：35歳
職業レベル：2 ↓ 3
体力：80 ↓ 85　魔力：5 ↓ 15
力：63 ↓ 68　守備：51 ↓ 53
魔攻：6 ↓ 10　魔防：3 ↓ 7
速さ：39 ↓ 43　運：20 ↓ 25

魔法：ムーブ　：チャージ

「おっ!?　また新しい魔法を覚えたみたいだな」

「チャージ……攻撃を溜められる能力のようですね」

おっさんはチャージの詳細を確認した。

魔法：チャージ　消費魔力：1～∞
対象者にチャージ効果。
チャージは時間に比例して魔力を使用。
溜める時間が長ければ長いほど効果は上昇する。

「これまたいい魔法ですね」

「そうか？　あまり役に立たない能力だと思うが？」

「なんてこと言うんですか！　攻撃や魔法の効果を上昇させられるなんて凄（すご）いことです！」

「……使う敵がそもそもいないんだが？」

「これから魔物や魔王と戦うじゃないですか！」

「え、そうなの？」

「なんで他人事なんですか！」

「もっと生活に役立つ能力が良かったなぁ……」

心から出たおっさんの言葉だった。

どうせなら割った薪が一瞬で乾く魔法とか覚えないかなぁ。

そんなことを思いながら、おっさんは丸太を割って薪を作り背負子に載せる。

「さて、カティ摑まれ」

「あ、ムーブを使うんですね」

おっさんが頷いた。

カティはおっさんの肩の上にちょこんと乗った。

「じゃあ、飛ぶぞ」

ムーブを使用すると、二人は一瞬で町の片隅にある道具屋の前に飛んでいた。

「え……お、おじさん？」

「うん？」

聞きなれない声に、おっさんが顔を向ける。

視線の先には目を丸めたリルムがいた。

「おお、リルムじゃないか」

「い、いま、と、とつぜんでてこなかった？」

「ああ、そうだぞ」

びっくりしているカティに、おっさんは平然と答えると。

「もしかしておじさんはまほうつかいなの!?」

目を輝かせながらリルムはおっさんに詰め寄った。

「魔法は使えるが、俺の職業は樵だな」

「きこりってまほうをつかえるの!?」

感心したように声を上げ、リルムは興奮しワクワクと表情を弾ませている。

「ああ、俺も最近知ったんだが、樵も成長すると魔法が使えるようになるらしい」

「勇者様、それは間違った知識です！　勇者様は樵ではなく勇者だから魔法が使えてるんです！」

おっさんは、嘘を吐いているわけではない。

何せ彼は自分が今も樵だと思っているのだから。

「きこりってすごいんだね!!」

リルムはおっさんの言葉を信じていた。

普通は樵が魔法を使えるなんて話をしたら失笑されるだろう。

しかし、リルムがおっさんを疑うはずがない。

この狼人(ウエアウルフ)の少女にとって、おっさんは大恩人なのだから。

「ところで、なんでまたここに？」

「ぁ……そ、それは……」

興奮していたリルムの表情に影が差した。

「勇者様勇者様、もしかしてあの子、また困ったことがあったんじゃないでしょうか？」

耳打ちしてくるカティ。

確かに少女の様子はおっさんに何かを伝えたいようだった。

少し思案した結果、おっさんは尋ねてみることにした。

「リルム、どうしたんだ？」

「う、うん。きのうのおれいを、いおうとおもって」

「なんだ、それなら気にすることはない。昨日も言っただろ？　俺は労働に対する対価を払っただけなんだからな」

「でも、ありがとうって、つたえたかったんだ。ごはんもたべられて、おかあさん、よろこんでくれて……」

「それは良かった」

「うん……おかあさんのわらったかお、あたし、ひさしぶりにみられたんだ」

母親の笑顔を思い出しているのか、リルムの顔はとても優しかった。

それから意を決したように、少女は真剣な眼差しをおっさんに向ける。

「あ、あのね、おじさん！　あたしを……――おじさんのでしにしてください!!」

「……弟子……？」

呆気に取られたのは、おっさんだけでなくカティもだった。

だがそれも仕方ないだろう。

少女の発した言葉は、二人の想像を遥かに超えていたのだから。

「……だ、ダメかな？」

「ダメ……というか、随分と唐突だな」

「あたし、おかねをかせがないといけないんだ。ウチ、おかあさんがびょうきではたらけないから……でも、いまのあたしができることなんてあんまりなくて……」

年齢的には勿論。

貧民街出身という身分的にも、確かにリルムが働くことは難しい。

「だから、俺の下で樵になる為の修業を積みたいと？」

「……うん。そうしたら、おかねをかせげるようになるでしょ？」

樵に資格はいらない。

勿論、私有地や国の指定する禁止区域で伐採を行なえば罪になるが。

やる気と技術さえ身につけることができれば樵になることができる。

ただ、

「樵の仕事ってのは技術もいるが、基本は力仕事だ。はっきり言って、女の子がやるような仕事じゃない」

「で、でも……」

「割った薪を町に持って帰ってくるだけでも重労働だ」

言っておっさんは、背負子を下ろした。

「これ、背負えるか？」

「……せおえたら、あたしをでしにしてくれる？」

「その時は考えてもいい」

「わかった！」

リルムは背負子を背負おうとした。

「ふうん！　うううううううううんっ!!」

だが、小柄な少女の力では持ち上がりすらしない。

「もちあがれ！　もちあがれえええええええええっ！」

力いっぱい、背負子を持ち上げようとしても、リルムの力ではどうにもならない。

背負子だけならともかく、薪がはみ出るほどに積んである為だ。

リルムの力では背負い上げることは難しいだろう。

「無理だろ？」

「む、むりじゃない！　もうちょっと、もうちょっとでもちあがるからっ！」

リルムは一生懸命だった。

本気だった。

おっさんにも少女の真剣さは十分伝わった。

だが、やはり力のない少女に樵は無理だと感じてしまう。

「ぐううううう、なんで、なんでもちあがってくれないの!!」

泣きそうなリルムを見ていると、カティは胸が痛んだ。

「勇者様、少しくらいなら教えてあげてもいいんじゃないでしょうか？」

「……」

おっさんも当然、その気持ちはあった。

情けをかけるべきではないと思っているが。

この子が樵になりたいと口にしたのは自分のせいだ。

希望を見せてしまった責任が自分にはある。

だからこそ、おっさんは迷っていた。

そして、その迷いのせいで一つの奇跡が起きた。

「んんんんんんんああああああああああっ!!」

「なっ!?」

「えええっ!?」

ガクッ!!　と積まれている薪が揺れた。

おっさんとカティは同時に驚愕の声を上げげた。

信じられないことに、背負子が持ち上がったのだ。

「え……あ——も、もちあがった！　もちあがったよおじさんっ!!」

「な、なんで?」

理由はあった。

しかし、それにおっさんが気付くことはない。

自分でも気付かないうちに、彼はチャージをリルムに使用していたのだ。

背負子を持ち上げようとしていたリルムは、チャージの効果で少しの間だけ力が上昇した。

一生懸命頑張る少女を、おっさんは放っておくことができなかったということなのかもしれない。

「ぁ……」

直ぐに重さに耐え切れなくなり、リルムは尻餅をついた。

だが、持ち上がってしまったのは事実。

「今直ぐには無理でも、この子が成長したら今より身体も大きくなると思いますし、力も強くなるんじゃないでしょうか?」

「……確かにな」

狼人（ウェアウルフ）のような亜人の身体能力は人より優れている。

もしかしたら、近いうちにおっさんより力持ちになる可能性はゼロではない。

教えるだけならいいのかもしれない。

それでも無理そうなら、リルム自身も諦めがつくはず。

「も、もちあげたよ！　お、おじさん、うそはつかないよね？　あたしをでしにしてくれる？」

不安そうな目でおっさんを見るリルム。

「あたし、なんでもするよ！　がんばるから！　だから、おじさん!!」

「……いいかリルム、一つ教えておく。弟子は師匠をおじさんとは呼ばないぞ」

「ぁ――は、はい！　ししょう！」

「明日、８時に町の正門の前で待ってろ。基本的なことから教えていくから」

「あ、ありがとうございます!!」

夕暮れの町中に、嬉しそうなリルムの声が響く。

これが樵勇者の弟子の誕生だった。

名前：リルム　　　　種族：狼人（ウェアウルフ）
職業：貧民街の子供　↓　樵勇者の弟子　年齢：10歳
職業レベル：1

体力：12／12　魔力：0／0
力：7　　　守備：5
魔攻：0　　魔防：0
速さ：15　　運：8

プロフィール：その1
貧民街出身。
母親と一緒に暮らしている。
憧れの人は師匠。

おっさんが確認したわけではないが、これが今のリルムのステータスだった。

※

話を終えて、おっさんは直ぐに薪を売り、買い物を済ませ町の正門に出ていた。

そんなおっさんをリルムが見送る。

「じゃあな、リルム」

「はい、ししょう！」

「ああ」

「ししょう――！」

「なんだ？」

「あ、あの――なまえをおしえてもらってもいいですか？」

「名前……そういえば教えてなかったな」

少女の名前だけを勝手に調べておいて、自分の名前を伝えるのを忘れていた。

「俺はアンクル――アンクル・フレイルだ」

「アンクル……ししょう」

「じゃあなリルム」

おっさんは背を向けて去っていく。

今日もリルムはおっさんの背中を見送る。

だが今日と昨日では少女の心境はまるで違った。

昨日は、少女の心の中は温かい気持ちと感謝の心、そして少しばかり寂しさがあったのだが。

今日は寂しさが消えて、温かい気持ちでいっぱいになっていたのだから。

※

考えてみれば、魔法を使えば一瞬で帰れたじゃないか。

おっさんがそれに気付いたのは家の前に着いた時だった。

「やっぱり勇者様は優しいですね～」

「そんなこと言って、俺に何か期待しても無駄だぞ？」

「またまた～！　きっとまた何か事件が起これば、勇者様は人助けされるんでしょ？」

「しない」

おっさん自身、リルムに対しては変に情が出てしまったと思っている。

しかし、おっさんの行動原理は娘の為にというのが大半のウェイトをしめているのは今も変わってない。

何せ今日も娘のために、デザートを買ってきてしまったくらいだ。

「って勇者様、受け答えしながら聖剣を庭に突き刺すのはやめてください！」

「やだよ。家に入れたら危ないだろ？」

「言い忘れていましたが、聖剣は勇者様が傷つけたくないと思っている相手を傷つけることはありません」

「え？　そうなのか？」

「そうなんです!!」

「……だが、刃物である以上は万が一があるだろ？」

「聖剣の力は絶対です！　なんでしたら、私で試してくださっても結構ですよ！」

「そこまで言うなら試してみてもいいが……」

正直おっさんは不安だった。

この妖精は悪いヤツではないが、少し抜けているところがある。

少ない付き合いからでもそれだけはよくわかっていたのだ。

「では勇者様は聖剣を構えてください。刃先に私が触れます。これで私が傷つかなければ、聖剣の安全性が保証されるわけです！　あ、先に言っておきますが、振らないでくださいね！　切れなくてもぶつかったら痛いですから！」

うわぁ～、なんかそう言われるとめっちゃ振りたくなる。

誘惑にかられるおっさん。

しかし、流石に剣を振るのは危険なのでぐっとこらえた。

「じゃあ、いきますよ～、せいっ!!」

ザクッ――ぴゅ～～～～～～!!

「ほら、この通り全く切れてま――切れてるぅううううううううっ！！！　ギレジャッデマズウウウウウウウウウウッッ！！！」

この妖精、バカだ。

軽くちょこん。くらいにしておけばいいのに、思いっきり刃先に手を擦りつけやがった。

「うわあああ～～～～ん。勇者様、ちゃんと私を傷つけたくないと思ってくれてたんですか!?」

「あのな、誰彼構わず傷つけたいなんて思ってるわけないだろ！　それより、まずは治療を」

「……う、うぅ～痛いです～」

「当たり前だろ……」

包帯を探しに家に入ろうと思った時だった。

たらたらたったった～～～♪

「あれ、レベルアップした」

「うわあああああん、私を切ってレベルアップってどういうことですかあ!!」

すっごいレベルアップの仕方したなぁ。と、おっさん自身も思った。

名前：アンクル　種族：人間
職業：樵勇者　年齢：35歳
職業レベル：3　↓　4
体力：85　↓　92　魔力：15　↓　22
力：68　↓　75　守備：53　↓　56
魔攻：10　↓　15　魔防：7　↓　12

はぅわ!?
ブミー

速さ：43　→　46　運：25　→　30
魔法：ムーブ　：チャージ　：キュア
また新しい魔法を覚えていた。

詳細を確認すると。

魔法：キュア　消費魔力：3
回復魔法。

傷を治癒する。

軽度の状態異常も回復する。

「おお、ちょうど回復を覚えたみたいだぞ」

「……私を傷つけることで、回復魔法を覚えるなんて」

「拗（す）ねるなって」

ぷっくり膨れるカティに、おっさんはキュアをかけてやる。

するとカティの傷口は一瞬で塞がってしまった。

「おお、これは便利だな。リリスが怪我をした時にも使えるぞ」

「ふふ～ん、聖剣は凄いんですよ勇者様」

「お前が威張るな！」

「あいたっ」

おっさんは、カティに軽くチョップを喰らわした。

「傷はもう平気なんだな？」

「はい、ありがとうございます！　やっぱり勇者様はお優しいです！」

「じゃあ、家に戻るぞ。リリスをこれ以上待たせたくないからな」

おっさんは庭に聖剣を突き刺した。

「ああああああ、な、何してるんですかああ!!」

「安全性を全く証明できなかったよな？」

「うぐ……で、ですが……」

「なんなら、もう一回試してみるか」

「うぅ……勇者様、やっぱり意地悪ですぅ」

こうしておっさんの家の庭には、今日も聖剣が突き刺さる。

そしてふくれっ面のカティを放置して家の扉に手を掛けた時だった。

「……うん？」

なんだかイヤな感じがした。

不穏な気配におっさんは、周囲を見回す。

意識した途端、まだ夕方くらいだというのに黒い霧がおっさんの家の周りを包み込んだ。

「なんだ……?」

「ゆ、勇者様……こ、これ、召喚魔法です……!」

カティは焦っていた。

これは魔物を召喚する魔法だ。

聖剣の気配を感じ、魔王軍が行動を起こしたようだ。

だがそれは、カティの想定よりも遥かに早いものだった。

それも召喚魔法を行使可能なほどの強力な敵が現れるなんて。

「召喚……?」

おっさんが尋ね返した瞬間——その黒い霧から、魔物が現れた。

1体や2体ではない。

次から次に黒い霧が魔物を生み出していく。

その数は10を超えているのではないだろうか?

「ま、マズいです……。どうしましょう、勇者様!?」

「確かにマズいな」

おっさんは眉を顰めた。

「に、逃げますか？　いえ、この場は逃げましょう！」

今のおっさんのレベルで、この数の敵と戦うのはマズい。

カティはそう思っていた。

だからこその提案だったのだが。

「え？　なんで逃げるんだ？」

「なんでって、こんなに敵がいっぱいいるんですよ！」

「バカ野郎！　だから逃げるわけにはいかないんだろ！」

「え……!?」

「家の中で娘が待ってる」

「……もちろん、娘さんを助けてから――」

「このバカ妖精！」

「ぎゃうん!?」

おっさんはカティにデコピンした。

「魔物なんて見て、娘が泣いたらどうするんだ！」

「このままだと泣くだけじゃすみませんよ～～～～！」

「蹴散らせばいいんだろ？」

「え……？」

おっさんは庭に突き刺していた聖剣を抜いた。

「俺はな——」

そしておっさんが聖剣を構えると、今までにないほど強く聖剣が輝きを放った。

「こ、この光は……!?」

聖剣の妖精カティでさえ、驚愕（きょうがく）するほどの神々しい光。

それは、おっさんの強い想いに聖剣が応えているようだった。

「娘の安寧を脅かすヤツは——」

おっさんは魔物たちに向け、

「誰であろうと許さねえええええええええっ!!」

聖剣を振った。

瞬間——ブワーーーーーン！！！！！！　と、目が眩（くら）むほどの強烈な輝きが放射され、まるで浄化の光のように魔物たちを殲滅（せんめつ）した。

当然、家の周りを包んでいた黒い霧は吹き飛び——夕日を覆い隠していた雲すらも吹き飛び、キラキラとした光の粒が星のように飛び交っていた。

「す、すごい……」

妖精はカティは力が抜けて、へなへなっと地面に落ちる。

「さて、家に戻るか。可愛い娘が待ってる」

そしておっさんは聖剣を庭に突き刺し、

「ただいま～！」

何事もなかったかのように娘（リリス）の待つ家に帰った。

「おっかえり～～～～!!」

バタバタと走り、満面の笑みで天使登場。

そしておっさんは今日も、何事もなかったかのように娘との団欒を楽しむのだった。

ちなみに先程のおっさんの攻撃で、召喚魔法を行使していた魔王軍の幹部も一緒に殲滅されていたのだが、おっさんと娘、そしてカティすらもそのことには気付かぬまま。

魔物を召喚することで魔生みのケネブと恐れられた魔人は、レベル４のおっさんに一瞬で葬られたのだった。

自身が持っていた、魔法道具（マジックアイテム）をこの場に残して。

ちなみに、ケネブがやられたことを魔王様が知るのは、これから暫（しばら）く先のことである。

そしておっさん、大量レベルアップ。

名前：アンクル　種族：人間（ヒューマン）
職業：樵勇者　年齢：35歳

職業レベル：4 → 20
体力：92 → 170　　魔力：22 → 98
力：75 → 140　　守備：56 → 107
魔攻：15 → 105　　魔防：12 → 98
速さ：46 → 88　　運：30 → 62

魔法：ムーブ　　：チャージ　　：キュア
**　：ターゲット　　：タイムアクセル　　：タイムフォール**

技能（スキル）：天上天下最強の親バカ
娘を想う気持ちに応じて能力向上。
このスキルが発動中、能力限界を突破できる。

天上天下最強の親バカ――この技能（スキル）が発現したことにより、おっさんはこの日、地上最強――いや、天上天下最強になった。
しかし自分のステータスを確認していないおっさんは、そんなことを知る由もなかった。

※

次の日。

おっさんはいつもより少し早めに起床。

ちなみに昨日の夜は野犬の遠吠えすらなく非常に静かだった。

隣で眠る天使な娘を起こさぬよう、物音を立てぬように部屋を出た。

「勇者様、おはようございます！」

「おうカティ。昨日も外で寝てたのか？」

「勿論です！　私は聖剣の妖精。聖剣を放置しておくわけにはいきませんから」

カティは言った。

何よりまた魔物たちが迫ってくるのではないかと警戒していたのだ。

しかし、魔物を召喚していたケネブは浄化されてしまった為、カティの警戒は実は無意味だったりする。

「なあ……カティ。お前の話が本当なら、あの剣は俺以外に抜けないんだろ？」

「はい、その通りです！」

「なら、放置していても問題ないいんじゃないか？」

「……え？」

「だって突き刺してあるんだから、俺以外には誰も抜けないだろ？」

「…………」

言われて初めて気付きました。とカティの顔に書いてあった。

「も、もしかしたら聖剣を奪おうとする魔物とか来るかもしれないです！　昨日みたいに！」

「でも、魔物にだって聖剣は抜けないんだろ？」

「…………」

カティはさらに顔を顰めた。

図星だったのだ。

「おっと長話している暇はない。今日は少し早めに出なくちゃならんからな」

まずは朝食の準備だ。

おっさんは台所に向かう。

野菜を食べやすいサイズに切り、塩で軽く味を付ける。

リリスは野菜が苦手だが、味付けをしてパンに挟むと食べてくれるのだ。

娘の健康の為に、日夜おっさんは色々と工夫している。

「リリス～、朝だよ」

こんな優しい声を出すおっさんが、世界にどれだけいるだろうか？

あまりにも優しすぎてちょっと気持ち悪い。

「勇者様、猫撫で声が気持ち悪いです」

おっさんはカティを無視した。

娘がいる親ならわかるが、可愛い娘の前で不自然なほど優しくなってしまうのが男親というものなのだ。

「う～ん……もぉ～あさぁ～？」

「そうだよ。朝ごはんの準備もできてるから、一緒に食べよう」

「……おとさ～ん」

「うん？」

「だっこ～」

まだ眠たそうなリリスが両腕を突き出す。

その姿は普段は仏頂面のおっさんが、思わず頬を緩ませるほど可愛い。

本当は自分で起きてテーブルまで行かなければダメ。

甘やかすべきではない。

おっさんの理性はそう訴えているのだが。

理性を遥かに飛び越えて、父として本能のままに、おっさんは娘を抱っこしていた。

まるでお姫様のように、丁重に優しく娘をテーブルまで連れていき椅子に座らせた。

俺はダメな父親だ。と心の中で嘆くおっさん。

だが娘を甘やかしてしまうのが、父親というものなのだろう。

「いっただきま～」

「いただきます」

おっさんと娘は二人で食事をする。

カティはおっさんの肩に座り、のんびりと食事風景を眺めていた。

「おとさん、きょうちょっとはやい？」

「ああ、そうなんだ。実はなリリス、お父さん弟子ができたんだよ」

「でし～？」

ちょこんと首を傾げるリリス。

弟子というのがなんなのかわからないようだ。

「お父さんが仕事を教えてあげるんだよ。教えるお父さんが師匠――先生みたいなものなんだ。教わるその子が弟子っていうんだ」

「おとさん、せんせいなの～!?」

「ああ」

「えええええ～、おとさんすご～いっ!!」

娘がテーブルに乗り出しそうなほど驚いて、満面の笑みを浮かべた。

樵の弟子……というと、正直そこまで凄い感じはしないが、樵勇者の弟子なのでかなり希少性は高いだろう。

そういう意味では確かに凄いのかもしれない。

「ねえねえおとさん、でしはどこにいるのぉ」

「うん？　ここにはいないぞ」

「え～、リリスでしにあいたい！」

それはおっさんにとって、まさかの要望だった。

「で、弟子にか!?」

「うん！　でしにね、おとさんはどお～ってね、きくの！」

「き、聞くのか!?」

それはとんでもないプレッシャーだ。

もしリルムが、リリスに「師匠は教え方が下手過ぎ」とか言ったらどうしよう。

そうなればきっと、自分の父親のダメっぷりにリリスは傷ついてしまう。

「ねえねえおとさん！　いつでしにあえるのぉ？」

「そ、そう……だな。今度聞いておくな」

「うん！　リリスね、でしにあうのね、たのしみっ!!」

こいつはやべ～ことになった。と、冷や汗をかくおっさんだった。

※

そしておっさんは今日も仕事に行く。

「リリス、家から絶対に出ちゃダメだぞ。お父さんと約束な」

「うん！　やくそく～！」

指切りする。

ばっちり約束し、おっさんは家を出た。

だが昨日のようにまた魔物が襲ってくる可能性はゼロではない。

「カティ、この家を守れるような魔法はないか？」

おっさんは真面目（まじめ）な顔でカティに尋ねた。

彼は娘のことで冗談は言わない。

カティもそれを理解している。

「……そうですね。魔除（まよ）けの結界と防御壁を張っておきます。少々お待ちを！」

そして妖精は持てる魔力を注ぎ込み結界を張った。

魔力がない者にはわからないが、光の壁がおっさんの家を包囲していた。

「これで大丈夫です！」

「本当に大丈夫だろうな？」

「ご安心ください！　ドラゴンのブレスだって防ぎきれますから！」

大袈裟に聞こえるかもしれないが、カティの発言は決して嘘ではない。

この妖精は攻撃魔法はてんでダメだが、それ以外の魔法に非常に長けているのだ。

「……だが、確かにすごい魔力を感じるな」

「おお！　勇者様もそれがわかりますか！　レベルアップしてる証拠ですね！」

「そうなのか？」

今まではそれほど感じなかったが、魔力の波動のようなものをおっさんは感じられるようになっていた。

気付いていないが彼の職業レベルは20。

昨晩、大きくレベルアップしたのだから。

「おっと、遅れてしまうな。カティ、行くぞ」

「はい！」

カティはおっさんの肩に乗る。

そして二人は町に向かった。

※

おっさんは悩みながら町まで向かっていた。

悩みの内容は、リルムにどう樵の作業を教えるかだ。

いい加減に教えていては、リリスとリルムが顔を合わせることになった時、とんでもないことを言われるかもしれない。

娘に嫌われたくない、そして失望されたくないおっさんはマジになっていた。

「あ、アンクルししょう！　おつかれさまです！」

待ち合わせ場所には既にリルムが待機していた。

弟子らしく先に待っているのは、非常にやる気が窺える。

「じゃあ、これから山に行くから付いてこい。仕事は着いてから教える」

「はい！」

こうして樵勇者とその弟子は仕事場に向かった。

※

山林に到着し、おっさんは背負子を下ろした。

「さてリルム、お前は俺の弟子になった。だから仕事を教えるつもりだが、基本的には見て覚えてくれ」

「みて……ですか？」

不安そうに聞き返すリルム。

「俺たちのような職人は、見て師匠から技を盗むんだ」

「わざをぬすむ……？　ぬすむのはわるいことなんじゃ……？」

「技術を見て学んでいくことを、技を盗むというんだ。一番傍で師匠の技を見られるからな。もののたとえだよ」

「いちばんそばで……。わ、わかりました！」

おっさんのそれっぽい説明に、リルムは律儀に頷いた。

だが実は、おっさんは未だに悩んでいた。

……どう教えたらいいんだ？　と。

実はおっさん自身も、樵の師匠などいない。

家が貧乏で学校に通う金もなかった。

だから、子供の頃からなんでも独学で学んできた。

なんだって自分で覚えてきたのだ。

そんなおっさんが、口で上手く教えてやれることなどない。

そういう意味では、見て自分で考え、覚えさせるというのは悪い判断ではないはず。

もちろん、おっさんはそこまで考えているわけではないけれど。

「勇者様、なんだか本当にお師匠様って感じですね！」

カティはキラキラとした眼差しをおっさんに向けた。

おっさんは返事をしなかった。

リルムにカティの声が聞こえていないことを考慮したのだ。

「さて、じゃあまずはこの木を伐採するから見てるんだぞ」

「はい！」

リルムは真剣だった。

この少女は、本気で樵を目指す覚悟を決めているようだ。

弟子の一生懸命な眼差しに、おっさんも師匠として下手なことはできないと力が入る。

そしておっさんは聖剣を振った。

が、振った後におっさんは自分のミスに気付いた。

（……あ、そうだ……）

一つ、忘れていたことがあったのだ。

――バタアアアアアアアアアアアアアアアン!!

これは山林の木がバタバタバタンと倒れた音だ。

この辺りは開拓が進んでいないため、木はいくらでもある。

だが、一斉に数十本の木が倒れたことで、随分と見晴らしがいい光景が広がってしまった。

(……これ、普通の斧じゃないんだよな)

自分の持っている剣を見る。

この異常なほどおかしな切れ味の聖剣を。

おっさんは、これじゃ樵の技術を教える以前の問題だと思った。

「す、すごいです!!　すごいです、ししょう!!」

この光景を見てリルムは感激していた。

「あたしもがんばれば、いつかししょうみたいな、すごいきこりになれるでしょうか?」

おそらく無理だろう。

普通の樵ができることじゃない。

だが、リルムの瞳はキラキラと期待に満ちていた。

ここで否定することは向上心の妨げになる。

それに無理ではあっても絶対に無理と言い切ってしまう必要はないとおっさんは思った。

何せ子供の可能性は無限大なのだから。

「リルムが努力すれば、なれるかもしれないな」

絶対になれると鼓舞しなかったのは、嘘を吐きたくはないからだ。

「はい!　あたし、がんばります!　ししょうみたいな、すごいきこりになれるように!」

こんな凄い人の弟子になれた。

リルムはそのことが嬉しくてしかたなかった。

「とりあえず続きだ」

「はい！」

切り倒した木は、このまま運ぶことはできない。

大きすぎるし、このままでは買い取ってすらもらえないのだ。

最低でも丸太にする必要がある。

ただ、最近のおっさんは丸太を割って薪にしてしまう場合が多かった。

単純に運びやすいし、薪は人々が火を熾こす上で必要なものなので、いくらでも欲しがる。

需要があれば道具屋も喜んで買い取ってくれるのだ。

「続きの作業も見ていろよ」

「はい！　ししょう！」

伐採した木の枝払い――木の枝を切り落とす作業をしていく。

それから玉切りといって、この木材の使用用途に合わせたサイズにした。

とはいえ、丸太は薪にしてしまうので、おっさんは結構適当に切っていった。

「これで薪の出来上がりだ」

「は、はやい……」

「倒した木を全部は持ち運べないから、背負子に積めるだけ積もう。手伝ってくれるか？」

「はい！」

いい返事だ。

リルムは背負子に薪を積んでいく。

この小さな少女は、どんなことにも一生懸命だった。

一通り薪を積み終えると。

「ししょう！　あたしに、せおわせてください！」

「大丈夫か？　重いぞ？」

「だいじょうぶです！　ふっぐぅ～～～！」

背負子を背負おうとするリルム。

だが全く持ち上がらない。

「ゆ、勇者様、ここはあれを使うべきですよ！」

カティに話し掛けられ、おっさんは小声になる。

「あれ？」

「魔法です！　ほら、力を向上させる魔法！」

「力を……ああ、チャージのことか」

そういえば、そんな魔法あったな。

おっさんはすっかり忘れていた。

「このままじゃあの子がかわいそうです！」

「だが、魔法で持ち上げられてもズルになるじゃないか」

「最初は魔法で持ち上げていても、ちょっとずつ力を付けていけばいいんです！」

「……う～ん」

おっさんは悩んでいた。

自分の力を――今の自分にできることを学ぶというのも、勉強だと思うのだ。

「ふぬ～～～～！」

しかし頑張っている弟子リルムを見ていると、親心ならぬ師匠心が湧いてくる。

まあ、少しくらいならいいか。とおっさんは思った。

そしておっさんは少女に向けてチャージを使った。

すると、

「ふぬ～～～～～～！　わっ――あ、あれ……？」

ぐぐぐ――と、リルムが背負子を持ち上げた。

「大丈夫か？」

「は、はい！　な、なんだかさっきより軽い感じがします」

「そうか。とりあえず、一度町に戻ろう」

「はい！」

おっさんとリルムが山を下りていく。

チャージの効力かリルムはすいすいと進んでいく。

「無理そうなら途中で休んでいいからな」

「だいじょうぶです！　なんだかあたし、ちからもちになったみたいです！」

そう言って、リルムは尻尾をふりふりと振った。

こんな力仕事をしているのに、少女はとても満足そうな顔をしている。

「勇者様、リルムちゃんのステータスを見てみましょうよ！」

「なんでだ？」

「レベルアップしてるかもしれないですよ！」

「そんなに速くレベルって上がるのか？」

疑問に思いつつ、おっさんがリルムのステータスを確認する。

名前：リルム　　　　種族：狼人（ウエアウルフ）
職業：樵勇者の弟子　年齢：10歳
職業レベル：1　↓　2
体力：12　↓　20　魔力：0　↓　0
力：7　↓　16　守備：5　↓　8

魔攻：0　→　0　魔防：0　→　0
速さ：15　→　22　運：8　→　8

結構上がっていた。

ちなみに上昇する能力は自身の才能以外に職業も関係している。

魔力関係は全く上がっていないが、体力と力、そして素早さの上昇値が高い。

職業が樵勇者の弟子の為、他の職業よりは多少能力上昇値が高いようだ。

「……運がさっぱりですね」

「……そうだな」

それはこの少女が苦労人であることを表しているようだった。

「ししょう、どうかしましたか？」

「いや、なんでもない」

だが、この調子で力が伸びれば、自分の力で背負子を背負える日も近そうだ。

※

そしてリルムは魔法のサポートもあってか、休憩なしで町まで下りることができた。

だが限界だったのか、ドン！　と正門の前で背負子を下ろした。

「はぁ……はぁ……」

「お疲れ様」

「す、すみません……ほんとうは、どうぐやさんまでもっていければよかったんですけど……」

「いや、十分頑張ってくれた」

「は、はい……」

話を終えたところで、くぅ～と可愛らしい音が聞こえた。

それはリルムのお腹が鳴った音だった。

「腹が減ったのか？」

「……うぅ……」

リルムは顔を赤らめた。

自分のお腹の音を、おっさんに聞かれたのが恥ずかしかったのだ。

「……なら、食事にするか」

「え……」

「腹、減ってるんだろ？」

「ぁ……で、でも……あたし、おかねが……」

「ここまで頑張って運んでくれたからな、俺の奢りだ」

「え!?」

「そんな驚いた顔するなって」

詐欺にでもあった形相で、狼人(ウエアウルフ)の少女がおっさんを凝視していた。

「で、でも、おひるごはんなんて……あ、あたし……」

「食べたくないのか?」

「……た、たべたいけど……」

「なら食いに行くぞ」

おっさんは背負子を背負う。

「え――あ、あの!?」

「ほら、行こう」

戸惑うリルム。

だが、おっさんは構わず少女の手を引いた。

この町にはいくつか酒場があり、その中で一つ、昼は食堂をやっている店がある。

何度か利用したことがある店だ。

道具屋で薪を売った後、その店に向かうことにした。

※

おっさんたちが入った酒場は——竜撃亭（りゅうげきてい）といわれている。

店名の由来は、店の女主人が若い頃に、ドラゴンを倒したことがある冒険者だからだそうだ。

そんな有名冒険者がなぜ酒場などやっているのかは……誰も知らない。

「ここが……さかば……？」

竜撃亭は昼時ということもあってか、かなり盛況だった。

リルムは初めて酒場を訪れた為か、きょろきょろと周囲を見回して興味津々な様子。

「私も酒場に来るのは久しぶりですが、相変わらず騒がしいところですね。あ、勇者様！　あの方、昼間からお酒を飲んでいます！」

それは個人の自由だから許してやれ。

おっさんはそんなことを思いながら空いている席を探していると、

「いらっしゃいませー！　２名様ですか？」

接客慣れしたハキハキとした声が聞こえた。

その声におっさんは顔を向けると、

「って……アンクルさん！　久しぶりじゃないですか！」

「おお、サラリナ。元気だったか？」

声の主は、店の女主人の娘——サラリナ・カスティリヤ。

この酒場の看板娘でもある少女だった。

とにかく元気で明るく、一目で可愛らしいというのがわかる。

短く切り揃えた赤髪は、彼女が活発な性格であることを示しているようだった。

「もっちろん元気ですよ！　わたし、元気くらいしか取り得がないですから！　あれ……隣にいる子は……リリスちゃん……じゃないですよね？」

「ああ……この子は……」

おっさんが説明しようとすると。

「あ……立ち話もなんですね！　とりあえず、席にご案内……」

ご案内します。と言いかけたサラリナだが、テーブルは既に満席。

「……カウンターでいいですかね？」

「ああ」

「では、ご案内しますね！」

看板娘の案内でおっさんたちはカウンターへと向かった。

「母さん！　アンクルさんが来たよ！」

「うん？　おお……久しぶりじゃないか！」

「ミランダさん、元気にしてたか？」

おっさんが挨拶した中年の女性が、竜撃(ドラゴンスレイヤー)——ミランダ・カスティリャだ。

実の親子だけあって、どことなくサラリナに似ている。

だが、ミランダは冒険者だった頃の名残もあり、女性とは思えぬほどに体格がいい。

脱いだら筋肉とか凄いのかもしれない。

「あたしゃ相変わらずさ」

「母さんが、元気じゃない時なんてないって」

「サラリナ！　無駄口たたいてないで、客から注文取ってきな！」

「え～折角、アンクルさんが来たのに……。少しくらいお話しさせてくれてもいいじゃん！」

「仕事中だよ！　さっさと行ってきな！」

「は～い。アンクルさん、ひと働きしたらまたこっちに来るから待っててね！」

文句を言いながらも、サラリナは客の待つテーブル席に向かった。

「相変わらず大繁盛みたいだな」

「お陰様でね。で、そっちの子は……？　あんたの娘じゃないね？」

「あ、えと……あたし、リルムっていいます！」

ミランダの鋭い眼光に動揺しながらも、リルムはしっかりと挨拶をした。

彼女はおっさんに言われたことを忘れていない。

生きていく上で最低限の礼儀を身につけなければならないという言葉を。

「いい返事だね。あたしはこの店の主人ミランダだ。リルム、初めて来た客にうちはサービスして

てね。何か食いたい物があるなら、好きに頼みな。あたしの奢りさ」

「え……いいの？」

「竜撃亭の女主人にゃ、二言はないよ」

その言葉を聞き、リルムはおっさんを見る。

その伺いを立てるような上目遣いは、おっさんの許可を待っているようだった。

「良かったな、リルム。好きなのを頼むといいよ」

「は、はい！」

おっさんの許可を得て、少女は嬉しそうに笑った。

尻尾もパタパタと喜びを表している。

そんなリルムの姿に、おっさんも思わず微笑んだ。

「子供は遠慮なんてしなくていいんだよ！」

この女主人の気前の良さと豪快な性格もあってか、この店は常に大盛況だった。

多少……荒っぽい客が多いのも、ミランダの性格に益荒男たちが引かれているのだろう。

「さて、注文を決めな！　アンクル、あんたの分は特別に大盛りにしてやる！」

「それはありがたい！　この後も仕事でバリバリ働かなくちゃならないから助かるぞ！」

それから少しして、二人は注文を決めた。

この店はメニューも豊富で、リルムはどれにするかかなり悩んでいたが。

結局おっさんと同じ料理を注文していた。

ちなみにその料理の名前は――【ドラゴンの尻尾焼き】という料理。

「勇者様、これはゲテモノというヤツですか？」

この妖精の声がミランダに聞こえていなくて良かった。

おっさんは心の底からそう思った。

ちなみにこれは、この店一番のおすすめメニューだ。

本当にドラゴンの尻尾を焼いているのかは……ミランダ以外は誰も知らない。

※

「どうだい？　美味いかい？」

「うん！　こんなおいしいごはん、はじめてたべました！」

リルムは、料理を夢中でほおばっていた。

美味しい、美味しいと口にするその姿を、おっさんとミランダの優しい瞳が見つめている。

「そうかいそうかい！　嬉しいこと言ってくれるね！　いっぱい食べな！」

リルムの言葉を聞き、ミランダは満足そうに頷いた。

「本当に美味いよ！　やっぱりミランダさんの飯は最高だ」

おっさんにとっても、久しぶりに食べたこの女主人の料理は美味かった。

「そうだろうそうだろう！　今度は娘のリリスも連れてきな！　サービスしてやるからよ！」

「そうだな……」

娘にもこの美味しい料理を食べさせてやりたい。

当然、おっさんにもその想いはある。

だが、荒くれ者の多いこの店に娘を連れてくるのは娘の教育上、良くないのではないか？

そんなことを心配していた。

以前、娘を連れてきた時も一悶着あったからなぁ……。

おっさんはその時のことを思い出しそうになって、考えるのをやめた。

「……ししょうには、むすめさんがいるんですか？」

「ああ、言ってなかったか？　リリスっていう、天使のような娘がいるんだ」

「てんし……？」

リルムは、ちょこんと首を傾げる。

貧民街出身のリルムは、同い年の子供と比べて様々な知識に乏しい。

決してこの子の頭が悪いわけではない。

貧富の差というのは教育の差でもある。

貧民街出身の彼女は教育を受けることが困難だからこそ、あって当然と思われるような知識がない。

だが、これは仕方がないことだ。

そして、知らないのならこれから知っていけばいい。

少なくとも、おっさんはそう思っていた。

「この世界を創（つく）った神様の使い。それを天使っていうのさ」

「せかいをつくった、かみさまのつかい……？　かみさまは、せかいをつくったひとなんですか？」

「リルム、神様は人じゃないぞ。そして名前でもない」

「え……？　ひとじゃない……？」

疑問に次ぐ疑問に、狼人（ウエアウルフ）の少女は頭を抱えた。

「簡単に言えば、神様っていうのは種族が神だな。俺が人間（ヒューマン）、リルムが狼人（ウエアウルフ）。神ってのも種族の一つだな」

「その通りさね。神様ってのは全ての創造主ってわけだ。世界だけじゃない。人を生み出したのも神様なのさ」

おっさんとミランダが口々に語る。

「あたしをうんだのは、おかあさんじゃないの……？」

「リルムを産んだのはリルムの母親だ。でも、最初の生命を産んだのが神様っていわれているんだ」


おっさんは簡単にこの世界の神様について教えてあげることにした。

子供に読み聞かせる物語になるくらい有名な話。

創造神アーリアラから始まりし天地創造の物語を。

※

全ての創造者であり、創造神といわれるアーリアラは無から世界を創造した。

それが始まりの天地――エルファード。

エルファードにアーリアラは生命を創造した。

それが天使や人間――今の時代の礎となる生命だ。

この頃の生命には死という概念はなく、神と共に永遠を生きる存在として生み出されたらしい。

そして、生み出された生命には自我があった。

自我を持った生命は意志を持ち、独自に行動を始めた。

時にそれは争いの種になることもあったが、アーリアラは生命を見守った。

自分の子供たちともいえる生命を信じたのだ。

神と共に永遠の時を生きた生命は、次第に大きな力を身につけていった。

我々は神を超えることができたのではないか？

傲慢な生命たちは神に戦争を挑んだのだ。

暴力で神の支配すらも企んだ人の傲慢は、アーリアラの怒りに触れ――創造神は新たな生命を、
自身の対となる神を生み出した。

神の名は――破壊神ケルティア。

ケルティアの力が、繋がっていた天地を乖離させ世界は崩壊。

神と人との共存は終わった。

それと同時に生命に寿命と死が与えられることになった。

だが、地に堕ちた愚かな生命たちを神は見捨てはせず。

さらに7柱の神を創造し地に堕ちた人々を見守らせている。

天地が乖離した後に地上に残された大陸の一つが、おっさんたちの住むこのクルクアッド大陸と
いわれている。

※

「要するに、神様ってのはめっちゃすごい力を持ってる存在ってことだ」

「……かみさまって、すごいです……！」

リルムは心の底から感心していた。

「……ししょう……。どうしたら、かみさまにあえますか？」

「なんだ？　リルムは神様に会いたいのか？」

「……かみさまはすっごいちからをもってるんですよね……？　ならあたし……おねがいしたいことがあるんです……！」

いったい、何を願うつもりなのだろうか？

軽い願いではない。

そう、リルムの重々しい表情が語っていた。

「……う～ん。神様に会うのは難しいな」

「……そらのうえに……いるんですもんね」

「リルム、人はそう簡単に神様に頼っちゃいけないのさ。なんでも神様が解決してくれたら、誰も努力しなくなっちまうだろ？」

「……そう、なんですか……？」

ミランダの言う通りだ。

おっさんはそう思った。

だが、悲しそうに俯くリルムを見ていたら、

「でも、神様には祈ることが許されてるんだ」

自然と、こんな言葉を口にしていた。

「いのる……？」

「そうだ。神様ってのは天の上からでも人を見守ってる。だから、一生懸命祈っていれば願いを叶えてくれるかもしれない」

「いっしょうけんめい……。そうすれば、あたしのおねがいはかみさまにとどきますか？」

「届くかもしれない」

絶対に届く。

本当は、そう言ってやりたかった。

だが、おっさんは嘘は吐けなかった。

「……」

そんな二人のやり取りを、ミランダはなんとも言えない表情で眺めている。

「しょう、おしえてくれてありがとうございます！　あたし、かみさまにおねがいしてみます！」

「そうか。願いが、叶うといいな」

「はい！」

それがどんな願いなのかを、おっさんは知らない。

でも、リルムがこんなに必死で叶えたいことがあるのなら、叶ってほしいと。

おっさんは思っていた。

娘のこと以外はどうでもいい。

基本的にはおっさんはそんな人間だ。

だが、関わりを持ってしまった者をなんの理由もなく見捨てられるほど、非情でもないようだ。

「あの～……神様に祈るという話をしているところ大変恐縮なのですが、その話は人が勝手に作ったお話なので、全然正しくありませんよ」

遠慮がちに話を切り出してきたのは妖精カティ。

――え？　そうなの!?

おっさんが思わず驚愕してしまう発言。

思わずカティに目を向けてしまった。

祈れば届くと言ってしまったばかりの為、なんだかリルムに申し訳ない。

「おい、アンクル。そんなびっくりした顔してどうしたんだい？」

「あ、いや……む、虫がいた気がしたんだ」

「ああん!?　うちは食料扱ってんだよ！　虫なんていてたまるかいっ!!」

「あ～いや、いなかった。気のせいだった」

おっさん、女主人に凄まれ発言を訂正した。

ちなみにミランダは怒らせるとすごく怖い。

それこそドラゴンが泣いて逃げ出すレベルだ。

「勇者様、気になってますね？　この世界の正しい歴史を、私が教えて差し上げましょうか？」

ここぞとばかりにドヤ顔をするカティ。

おっさんは思った。

こいつ、うぜぇと。

「では教えて差し上げましょう！　まずこの大陸が生まれ――」

「さて、腹も膨れた。そろそろ行くとするか」

カティが語り出す前に、おっさんは席を立った。

するとドヤ顔の妖精が、おっさんの肩からズルッと転がり落ちる。

「あうっ……ゆ、勇者様！　聞いてくださらないんですか！　正しい歴史が気にならないんですかっ！」

正直、少し気になる。

だがこの妖精にドヤ顔されるのは腹立たしい。

だから聞かない。

どうせ正しい歴史を知ったところで意味はない。

人々の間で、すでに共通の認識が出来上がっているのだから。

仮にそれは違うなどと声を大にして言ったら、教団の人間に目を付けられる。

この町にだって、アーリアラ教団の司祭はいるのだから。

ぐぬぬと涙目になる妖精を無視して、おっさんは代金を払った。

「ご馳走さん。また近いうちに来るよ」

「とっても、とってもおいしかったです！」

「おう、またいつでも来な！」

ニッと気持ち良く笑うミランダ。

リルムは照れたみたいに、不器用に笑いを返した。

「あ、もう行っちゃうの!?」

「サラリナ、また来るよ」

「約束だよ！　今日は全然話せなかったから！　わたしの料理も食べてもらいたいし！」

「あんたの料理なんて、まだ客に食わせられるもんじゃないよ」

「だから、アンクルさんに食べてもらうんじゃん！」

なんだそれは。

この酒場の看板娘であるサラリナだが、料理の腕前は絶望的。

つまり、おっさんは人柱にされるようだ。

「……あの、あたしもたべさせてもらってもいいですか？」

「え……？」

おっさんが焦っていると、リルムがそんなことを言った。

あまりにも命知らずの発言だ。

おっさんは大慌てでその場に膝を突き、

「リルム、やめておけ。はっきり言って、サラリナの料理はクッソマズいんだぞ?」

小声で伝えた。

だが、リルムはそんなことは気にした様子もなく。

「だけど、おなかはふくれますよね? あたし……おなかがすいているよりは、いっぱいでいたいから」

「……リルム」

「それに、あたしがおなかいっぱいなら、そのぶん、おかあさんにもおいしいものをたべさせてあげられるから……」

おっさんの家も決して豊かではなかった。

だから食べる物がなくて苦しんだこともある。

だが……想像できてしまった。

まだ10歳とはいえ、リルムの身体は小さく痩せ細っている。

この少女の味わったことがある飢えの苦しみは、自分とは比較にならないほどのものなのだと。

「はっ……うちの娘の死ぬほどマズい料理を食べたいだなんて。ま、残飯を出さずに済むならうちとしてもありがたい。でもね、ただで食っていいのは娘のマッズい料理だけだよ！」

「母さん、マズいマズい言い過ぎ！　でも、食べてくれるなら大歓迎だよ！　味だってなるべく美味しく作るから！」

「あ、ありがとうございます！　あの……ほんとうに、いいんですか？」

狼人の少女はペタンと耳を垂らして、おっかなびっくり確認する。

「腹壊しても自業自得だよ。それでもいいなら、好きにしな」

ミランダが冷たくいい放つ。

これはワザとだ。

豪快な女主人だが、決して冷たいわけではない。

ただ、貧しい子供全ての面倒を見ることなどできない。

そんな責任を持てるはずがない。

だからこそせめて、娘の料理だけでいいならと。

そう伝えたのだ。

「ミランダさん、サラリナさん！　ありがとうございます！　どんなごはんでも、あたしうれしいです！」

尻尾をふりふりするリルム。

だが、おっさんは心配だった。

サラリナの料理は本当にマズい。

食べたらドラゴンすら気絶するのではないかと思うくらいだ。

マズい料理を美味しくする魔法とか、覚えられないかな？

笑顔の花を咲かせるリルムを見ながら、おっさんはそんなことを考えてしまった。

「ま、胃薬くらいは用意しといてやるさ」

そう言って、ミランダはリルムの頭をわしゃわしゃ撫でて。

姉御肌の彼女らしい、嫌味のない豪快な笑顔を向けた。

「あ、母さんずるい！　わたしもリルムちゃんをもふもふしたい！」

そんなことを言って、サラリナもリルムの頭を撫でる。

というか狼耳（みみ）とか尻尾とかをもふもふし出した。

「あうぅ……」

「あ～もふもふ」

至福の極み。とばかりに満足そうなサラリナ。

しかしリルムは、困った顔をおっさんに向けてくる。

「サラリナ、もうやめてやれ」

「え～もふもふが名残惜しいよ」

「ははは！　リルム、もうちょっとサラリナに付き合ってやりな」

意外なことに、ミランダはもふもふを続けていいという許可を出した。

いつもなら、仕事に戻れとサラリナの尻を叩きそうなものなのに。

おっさんが疑問を感じていると、

「……アンクル」

ミランダがおっさんの名を呼んだ。

声音は低くなり、姉御肌の豪快な笑みは消えている。

真剣な表情から真面目な話があることがわかった。

「なんだ？」

「あたしゃ今から余計なことを言う。だけどね、頭の隅にちゃんと留(とど)めといてほしいんだ」

「……聞かせてくれ」

余計なこと――などとミランダは言うが。

この酒場の女主人の言葉が無駄だったことなど、おっさんの経験上一度もない。

「抱えちまったもんは、途中で投げ出すんじゃないよ。責任はしっかりと果たしな」

ミランダはおっさんの目を真っ直ぐ見つめた。

彼女の言う責任――それはリルムに対する責任だろう。

この女主人はおっさんとリルムの関係について尋ねてはこなかったが。

それでもこの狼人(ウエアウルフ)の少女が、貧民街の子供であることに気付いたのだろう。

「勿論だ」

おっさんもこの女主人から目を逸らすことなく言葉を返す。

「相変わらず曇りのない、いい目をするじゃないか。ま、何かあれば、相談ぐらいは乗ってやるよ」

言って、ミランダは力強い、頼もしい笑みをおっさんに向けた。

「サラリナ！　いつまで遊んでんだい。仕事に戻りな！」

「え!?　だ、だって母さんがもふもふしていいって――」

「ならもう終わりにしな！　おらっ！　客はまだまだいるんだよ！」

「むぅ～リルムちゃん、またね。アンクルさんも、今度ゆっくりお話ししようね！」

母娘（おやこ）は仕事に戻っていった。

「あぅ……」

サラリナにずっと撫でられていた為か、リルムは疲弊していた。

「大丈夫か？」

「だ、だいじょうぶです！　し、ししょう、おしごとにいきましょう！」

「無理するなよ。辛（つら）かったら言うんだぞ」

「はい！」

そしておっさんたちは店を出て、歩いて仕事場（やま）に向かった。

「豪快な女性でしたが、とても優しい方でしたね。ああいう方は信用できます。それにあの鋭い眼光、死地から戻った歴戦の戦士のようでした。勇者様、あの方を連れて冒険に出るというのはどうでしょう？」

今日もおっさんを勇者にすべく、説得を始めるカティ。

「勇者様……？　聞いてますか？」

「……ああ」

おっさんはカティへ、生返事をした。

彼は今、考えごとをしているのだ。

『抱えちまったもんは、途中で投げ出すんじゃないよ』

先程のミランダの言葉。

当然、おっさんは投げ出すつもりなどない。

すでに覚悟は済んでいる。

この狼人(ウェアウルフ)の少女を弟子にした時に、この少女が挫(くじ)けぬ限りは、一人前の樵として育てるつもりでいた。

※

しかし、一人の人間の人生を預かるというのが大きな問題なのは間違いない。

それが、身分もない貧民街の子供であるなら尚のこと。


「ししょう……どうしたんですか？」

リルムが不安そうに尋ねてきた。

おっさんが難しい顔をしていたからだろう。

くるくると機嫌良さそうに回っていた尻尾も、勢いを失ってしゅんとしている。


「なあ、リルム」

「はい」

この少女には生きるための力がいる。

樵として手に職を付けられれば、なんとか生きていくことくらいはできるだろう。

だが、

「勉強をしてみる気はないか？」

「べんきょう……？　キコリとしてのですか？」

「それは勿論だが、俺が言っているのは、学校で教えてくれるような勉強だな。一般常識を含めた、生きていく為に必要な知識だ」

世の中を生き抜く為には、技術だけではダメだ。

最低限の知識は間違いなく必要となる。

当然、おっさんの持っている知識などたかが知れている。

だがその程度の知識でも、ないよりはあるほうがいい。

「でも……あたし、がっこうにかよえるほど、おかねないです……」

「学校に通って勉強するんじゃないんだ。俺が教えられる範囲で教える」

「ししょうが……？」

「大したことを教えられるわけじゃないんだが……。それでも生きていく上で必要な知識はあるからな」

この少女に対して責任を持つ以上、できることはやる。

おっさんは改めてそう決意していた。

「勇者様が……徐々にクズでなくなっています……！」

カティ、少し黙ろうな。

おっさんは心の中でしっかりと突っ込みを入れた。

その直後のこと。

「……でも……」

「もしかして、イヤだったたか？」

「イヤじゃないです！」

強い否定の言葉と共に、リルムはぶんぶんと左右に首を振る。

「だけど……あたし、ししょうにめいわくをかけてばっかりで……」

「リルム……」

リルムは我がままを言っておっさんの弟子になったことを気にしているのだ。

ただでさえ迷惑を掛けている。

この小さな少女にもその自覚はあった。

「そんな心配しなくていい。子供は子供らしく大人に頼れ」

「……ししょう」

申し訳なさそうな顔をするリルム。

そんな狼人（ウエアウルフ）の少女の頭に手を伸ばして優しく触れた。

娘とは違う、モフッとした獣人らしい柔らかい感触が手に伝わる。

「……あたし……いいのかな？」

「うん？」

どういう意味かわからずおっさんが聞き返すと、少女の目から涙が零（こぼ）れた。

「り、リルム!?　ど、どうしたんだ!?」

突然のことで、おっさんは焦った。

何が悲しくて泣いているのか、おっさんにはわからなかったからだ。

だが、悲しんでいるということがそもそもの間違いだ。

リルムは悲しくて泣いているんじゃない。

「あたし……こんなにしあわせで、いいのかな……？」

リルムは嬉しくて泣いていたのだから。

「当然だ。生まれてきた以上はさ、誰だって幸せでいていいんだよ」

当たり前の幸せすら、この少女は知らなかった。

だからせめて、その当たり前を教えてやりたいと。

おっさんは強く思う。

「ぐすっ……ししょうにあってから、あたしうれしいことばっかりです！　みんなにやさしくしてもらって、ごはんもたべられて……しあわせでうれしいことばっかりです！」

「そっか。なら、これからはもっと幸せになれるさ。リルムが頑張れば、きっとな」

「はい！　ししょう、あたしがんばります！　きこりのしゅぎょうも、べんきょうも、がんばります！」

泣きながら微笑む少女の頭を、おっさんは撫でた。

優しい笑みを向けるおっさんの顔を見て、少女は決意する。

いつか必ず、この人に恩を返そうと。

自分の知らなかった当たり前の幸せを教えてくれたおっさんに、一生を懸けてでもこの恩を返そうと。

小さな身体に大きな想いを抱く。

おっさんは、そんな少女の想いなど露知らず。

「さて、話はここまでにしよう。とりあえず今は働くか！」

「はい！」

今日も樵として伐採に励むのだった。

※

そして今日も日が暮れて。

「さて、そろそろ帰るか」

「はい！」

おっさんたちは山を下りて町に向かった。

背負子(しょいこ)はおっさんが背負っていた。

「ししょう……すみません。あたしがもっと、ちからもちだったら……」

「気にしなくていいよ。直ぐにこのくらい背負えるようになるさ」

背負子にはとんでもない量の薪が積まれている。

明らかに積載できる限界を超えていた。

小柄なリルムでは、流石にこの背負子を担げなかった。

チャージを使うことも考えたが、あれは継続的に発動していると魔力を大量消費してしまう。

帰りにムーブを使う魔力は残したい為、今回ばかりは使うことができなかった。

だが、自分が役立てないことにリルムはしょんぼりとしている。

「そんな顔するなって。背負子の薪を固定するのは上手くなってる。しっかりと紐が結ばれてるから、少し揺らしただけじゃビクともしない。成長してる証拠だ」

「……はい」

一日一歩。

しっかりと前進できればそれでいい。

おっさんはそう考える。

だが、まだ若いリルムはそうは思えないのだろう。

少しでも早く一人前になりたい。

顔を見ていればそれがわかる。

「明日からは少し木を切ってみるか」

「え!? いいんですか!?」

「ああ。試しにやってみよう。リルム用の小さな斧も用意しておくから」

「ありがとうございますっ！　あたし、がんばります！」

少女はイキイキとした顔を見せた。

何事にも頑張る努力家のリルム。

だからこそ、どこかでしっかりと休ませないとな。とおっさんは考えていた。

※

道具屋で薪を売り銅貨を得た。

今日もかなり稼げた。

昼に売った分と合わせて、銅貨１８０枚。

これだけあれば、ちょっと豪華な食事をしてもお金が余る。

「最近は大量ね～」

道具屋の女店主のララーナにそんなことを言われる。

聖剣のお陰で作業効率が遥かに上がったからな。

木を切り倒す時間よりも、薪にしてそれを纏めて縛る時間のほうがかかっているくらいだ。

「もう少し、量を減らしたほうがいいか？」

「いいえ～。まだまだ大丈夫よ。在庫というより、私の魔力の方が限界かも。魔術で生木を乾かすのって結構しんどいのよねぇ……」

この道具屋が生木を買ってくれるのは、ララーナが魔術を使えることも関係している。

非常に魔術に長けているわけではないが、暮らしに役立つ程度には魔術の勉強をしてきたらしい。

勉学に魔術を取り入れる学校も多いが、魔術学校や冒険者育成機関でもない限りは戦闘用の魔術を教えるということはないと、おっさんはララーナから聞いた。

「わかった。とりあえず、明日も頼むな。あ——それと、小さめの斧って置いてあるかな？」

「もしかして、この子に？」

ララーナは視線を下げる。

おっさんの右隣にはリルムがいる。

「ああ。俺の弟子なんだ」

「へぇ～アンクルさん、弟子をとったのね。お嬢さんのお名前は……？」

「あ、えと……り、リルムです」

「そう。リルムちゃんっていうのね～。可愛いわね～。ナデナデしてもいい？」

「え……あ、はい……」

勢いに押されて「はい」と答えるリルム。

すかさず女店主の手が伸びた。

「わ～もふもふ～！　やっぱり獣人のもふもふはいいわね～」

「あうあうあう……」

「ララーナ。ほどほどにしてやってくれ」

「は〜い」

満足したようににんまりと笑みを浮かべ、ララーナは手を離した。

すると、リルムはさっとおっさんの背後に姿を隠した。

「あら……嫌われちゃったのかしら？」

「警戒されてるんだろ？」

「え〜……！　どうして〜！　もふもふしすぎちゃった？」

初対面の相手にもふもふしすぎてしまった自覚はあるようだ。

そもそも、昼時もサラリナに散々もふもふされていたからな。

疲れてしまったのかもしれない。

「あ〜でも、やっぱり子供って可愛いわ〜」

「そうだな。子供は可愛い」

「今度はリリスちゃんと遊びに来て〜。お菓子でも用意しておくから」

実はおっさんと娘(リリス)は、ララーナの家に遊びに行ったことがある。

その時は、ララーナはずっとリリスを抱っこしていた。

リリスとララーナは結構仲良しだった。

「まぁ……近いうちにな。話を戻すが、子供が使えそうなサイズの斧はあるか？」

「あ……ごめんなさい、品切れ中。お料理に使う包丁とかならあるのだけど……。斧ともなると、武器屋さんに行ったほうが早いかも」

「……そうか。もしあればと思ったんだが、武器屋に行ってみるよ。それじゃ」

「は～い。またよろしくね～」

柔和な声に見送られ、おっさんたちは店を出た。

外に出ると夜の帳が下りてきていた。

思っていたよりも時間が経っていたようだ。

娘が待ってる。

そろそろ帰らなくては。

「リルム。これ、今日の分な」

おっさんはお金の入った布袋をリルムに渡した。

「あ、ありがとうございます……。また、こんなにいっぱい……」

おっさんは稼ぎの三分の一を渡していた。

リルムと母親の食事を済ませるには十分な金額だろう。

「報酬を決めていなかったよな。今後は稼ぎの三分の一を渡す。これは正当な対価だ。さて、もう遅いから、買い物を済ませて急いで帰れ」

「は、はい。ししょうは……？」

「俺は武器屋に寄ってから買い物をして帰るよ」

ムーブがあるから、一瞬で帰れるからな。

「……あの、ぶきやにいくならあたしも――」

「いや、お前は帰れ。お母さんが心配する」

「……はい。わかりました」

リルムも不満はあっただろう。

だが、おっさんの言葉に従った。

「それじゃあな」

「はい！　ししょう、あしたもよろしくおねがいします！」

「おう！」

そしてリルムは走って行った。

「勇者様、日に日にお優しくなっている気がします」

リルムを見送っていると、カティがそんなことを言った。

「余計なお世話だ」

「いたたたたた――ほっぺた引っ張るのやめてください！」

言われておっさんはカティのほっぺを離す。

大抵の人は優しいものだ。

ただ、その優しさを向ける相手が少ないだけだと、おっさんは思っている。

「さて、俺も早く愛しの娘の下に帰るか」

「う～……ほっぺが弛んじゃいました。勇者様はやっぱり意地悪です！」

む～っとするカティ。

今のおっさんの様子からして、この妖精の目的が叶うのは、まだまだ先のことになりそうだ。

※

買い物を済ませておっさんは帰宅した。

「ただいま～」

扉を開くと同時に、突っ込んでくる娘に備える。

だが、娘の姿はない。

「あれ？　娘さん、どうしたんでしょうね？　はっ——勇者様!?　もしかして——魔物が侵入して娘さんをさらったのでは!?」

「おい、不吉なことを言うな！　それに誰かが侵入したならすぐわかるだろ」

部屋の中にはそういった痕跡は見当たらない。

「確かに邪悪な気配はないようです。聖剣の加護もありますから、この辺りに出そうな弱い魔物はここに近寄りすらしないでしょうし……」

「なんでも魔物とかに結び付けて考えるのはやめろっての」

そもそも、娘がおっさんを迎えに来ないことは実は珍しいことではない。

基本的におっさんが帰った時の娘の行動は２パターンだ。

一つは帰宅と同時に、おっさんに全力ダイブ。

もう一つは――。

おっさんは寝室に向かった。

ベッドの上では、すやすやと眠るリリスの姿があった。

「あ、眠っていたんですね」

眠る娘はやはり天使だ。

起こすのをためらってしまう。

だが、まだ夕食も食べていなければ、お風呂にも入っていない。

歯磨きもさせなくては、虫歯になってしまうかも。

苦渋の決断であったが、おっさんは優しく娘に呼びかけた。

「リリス、ただいま。お父さん、帰ってきたよ」

「……ぅ～ん……ぅぅ？」

「起きませんね？」

「リリス～」

呼びかけながら優しく揺する。

「ぅ～……うん？」

娘が目を開いた。

「目が覚めたか？」

「あれぇ……おとさぁん？」

「ああ、お父さんだ。遅くなってごめんな」

「……──おとさんっ！」

そして目を覚ました娘が、おっさんに飛びついてきた。

「ぐぼぉっ!?」

リリスの全体重をおっさんは腹部で受け止める。

衝撃で膝を突きそうになったが、なんとかこらえた。

「ただいま～～～！」

「娘よ、それを言うならお帰りだろ」

「おかえり～～～～!!」

おっさんを見上げて笑うリリス。

その顔を見て、おっさんも自然と微笑む。

仕事を終えて娘と触れ合う瞬間は、おっさんにとって最も大切な瞬間だった。

当たり前の幸せであり、絶対に守り抜くと決めた幸せだ。

「さて、ご飯にしようか」

「うん!!　おとさん、でしは!?　でしはつれてきたっ!?」

「で、弟子はいないんだが……近いうち会えるぞ」

嘘ではない。

実際、二人を会わせることを考えていた。

娘はもう４歳。

おっさんは、そろそろ読み書きを教えようと思っていた。

そして、リルムにも勉強を教えるという約束をしている。

だから今度の休日に、勉強を教えるついでに二人を会わせようと考えていた。

「え～～!?　でしにあえるのっ!?　リリス、とってもたのしみ～っ！」

うちの娘は可愛いなぁ。

おっさんの顔はだらしなく弛(ゆる)む。

だが、これは仕方のないこと。

父親にとっての娘とは、それだけ可愛いものなのだから。

「弟子はリリスよりお姉さんだけど、きっと仲良くしてくれるぞ」

「へ～、おねえちゃなんだぁ。リリス、おねえちゃできるんだぁ～！」

「そうだな。お姉ちゃんができるな」

実際、リリスの姉になるわけではないのだが。

それくらい二人が仲良くなってくれると願いたい。

子供同士で触れ合うことからも、何かしら学ぶことがあるだろうから。

おっさんはリリスを学校に通わせるつもりなので、その前に人間関係を学んでほしいとも思っていた。

そういう意味でも、二人を会わせることは勉強になるだろう。

「さて、ご飯にしようか」

「あ～い！」

こうして今日も幸せな日常は過ぎていった。

※

時間を少し戻して。

場所は貧民街。

「おかあさん、きょうもたべもの、い～っぱいかってきたよ！」

「……リルム、お帰りなさい」

優しい声音で帰ってきたリルムを迎えたのは、彼女の母親だ。

一目で優しい女性だとわかるくらい、柔和な笑みを浮かべている。

その慈愛に満ちた表情は、娘を愛しているからこそだろう。

「あのね、きょうはやさいとくだものも、かってきたよ」

「あら……とっても美味しそうね」

「うん！　おかあさん、からだ、おこせる……？」

「……ええ、大丈夫よ」

リルムは慌てて駆け寄って、母親の身体を支える。

「ごめんなさい……リルム」

少女の母親は、申し訳なさそうに顔を伏せた。

自分が床に臥（ふ）せってから、リルムには無理をさせてばかりで。

彼女にとってはそれがたまらないのだ。

自分が許せなくなるくらいに。

「どうしてあやまるの？　おかあさん、なにもわるいことしてないよ？」

「……リルム」

ぎゅっ――と、母親はリルムを抱きしめる。

「……どうしたの、おかあさん？」

「なんだか、こうしたくなったの」

リルムの母親は嬉しかったのだ。

自分の娘がこんなに優しい子に育ってくれて。

決して豊かな……いや、貧民街で育つなど最低の環境だろう。

なのに、真っ直ぐに育ってくれている。

それが嬉しくて仕方なかった。

「……えへへっ」

そうしてリルムも、母を抱きしめる。

「あのね、おかあさん。きょうはね、ししょうが、おひるごはんをたべさせてくれたの！」

「そうなの……。良かったわね……」

ここ数日、リルムの口から出るようになった名前。

おじさん、師匠、アンクル。

全て同一人物らしい。

少女の母は最初こそリルムが騙されているのではないか。

そう心配していた。

だが、それが杞憂(きゆう)だということは、リルムの顔を見ていればわかった。

少女は師匠を語る時、とても楽しそうだから。

師匠は凄い。

師匠は優しい。

師匠はカッコいい。

尊敬の言葉しか出てきていない。

娘がこれほど強い想いを抱いた者など初めてだったのだから。

だからこそ、

「……母さんも、いつか師匠さんに会ってみたいな」

「ししょうに……？」

リルムの母も、一度でいいからその人と話してみたい。

そう思うようになっていた。

「……ふふっ。でも、無理はさせられないわよね」

ここは貧民街。

一般人が好んで来るような場所ではないのだから。

「あ、そういえばね。きょうは、ししょうにおべんきょうをおしえてもらったんだ！」

「勉強？」

「うん！　おかあさん、かみさまってしってる？」

「……ええ。詳しくは知らないけれど少しなら……」

「かみさまってね、すごいんだよ！　かみさまにいのるとね、ねがいが、かなうかもしれないんだって！」

ストロボホルンの町にも司祭はいる。

リルムの母親もそれは知っていた。

だが、司祭の願いが天に届くものだとは思っていない。

もしそんな万能の力があるのなら、人はとっくに平等になっている。

貧富の差に苦しむ者など存在するわけがないと思うのだ。

「何か、叶えたい願いがあるの？」

「うん！　おかあさんがね、げんきになりますようにって！」

「リルム……」

「あたしきょうから、まいにちおねがいするね！」

本当に優しい子だ。

そしてだからこそ……不安でもあった。

自分がもし死んでしまったら。

その後は……この子は、強く生きてくれるだろうかと。

命の灯は尽きかけようとしている。

それを一番知っているのは、彼女自身なのだから。

「ありがとう、リルム。さあ、食事にしましょうか」

「うん！　おかあさん、どれがたべたい？」

こうしてもう一つの母娘（おやこ）の時間が過ぎていった。

第三章　おっさん、決意する。

次の日。

おっさんは娘と一緒に朝食を済ませ、家を出ようとした。

「じゃあ、行ってくるな」

「おとさん、まって～！」

珍しく、娘がおっさんを引き止める。

「どうしたんだ？」

おっさんは膝を突き、娘と視線を合わせた。

すると、

「ちゅ」

そう言って、娘がおっさんのほっぺにチューをした。

「……!?」

「えへへ。おとさん、いってらっしゃ～い！」

娘はいつも天使だが、今日も最高に天使だった。

そしておっさんは、娘の為に今日も頑張ろうと思えた。

日頃から溜まっている疲れが一瞬で吹き飛んでしまう。

……そういえば、妻が生きていた頃は……こんな風にしていたっけ。

懐かしい記憶が蘇りかける。

だが、おっさんはその記憶を振り払った。

リリスは自分の母がおっさんにしていたことを、思い出したのかもしれない。

それはうろ覚えに違いないけれど。

「ありがとう、リリス。それじゃあ行ってくるな」

「うん！　おとさん、がんばって～！」

娘に応援され、おっさんは幸せな気分で家を出た。

「おう、カティ！　今日も素晴らしい一日だな！」

「……急に何言ってんですか……？」

今日も今日とて、外で見張りをしているカティ。

「剣の見張りはいいんじゃないか？　結局、その剣は俺以外は誰も引き抜けないということで納得してただろ？」

聖剣は勇者（おっさん）にしか引き抜けない。

カティ自身が言っていたことだ。

そしておっさんは毎日、聖剣を庭に突き刺している。

だから、聖剣が誰かに持ち去られるなんてことは絶対にないのだ。

「それでも私は聖剣が心配なんです。あと、また魔物が出るのではないかと警戒していました」

おっさんたちの住む地域は魔物の数は少ない。

勿論、全くいないわけではない。

だが、この間のように魔物が押し寄せることなどほとんどないだろう。

「ま、夜は多少は魔物が出ることもあるだろうからな。リリスの為にも警戒を頼むぞ！」

「了解しました！　とはいえ、聖剣の浄化の力か魔物の気配はかなり薄まっていますが……。娘さんもいるのでまた家全体に魔法をかけておきますね」

カティが魔法を唱える。

日頃から鍵は絶対に開けなくていい。

それは伝えてあるものの。

娘一人を残して外に出るのは、おっさんにとっては非常に心配だった。

しかし、小さな娘を仕事場に連れていくわけにもいかない。

とても賢く、おっさんの言うことをちゃんと聞いてくれる娘だが、目を離した隙にどこかにいなくなってしまうなんて可能性もゼロではないからだ。

命より大切な娘を、信頼して預けられるほど深い仲の者もいない。

結果的におっさんは、小さな娘にお留守番させなくてはならないのだ。

町からも離れたこの家の場所を知っている者はいない為、おっさんと娘を除いて誰もこの辺りには立ち寄らないから、その点は安心ではあるのだけど。

「娘を守るためにも警備は万全のほうがいいな。これから毎日頼むぞ！」

「はい！　って……あれ？　私……何か目的を忘れているような？」

「何を言ってるんだ。お前の役目は俺の娘の安全を守ることだろ？」

「……それは、もちろんですが……」

カティはいいヤツだが、少しアホだな。とおっさんは改めて思った。

「さて、それじゃあ行くか」

「はい！　って――そうです勇者様！　娘さんのことが大切なのはわかりますが、少し冒険に出ることも考えておいてくださいね！」

「わかったわかった」

ちっ……思い出してしまったか。

おっさんは面倒に思いながら、適当に返事をする。

少なくとも今は、冒険に出ることはないだろう。

勿論、魔王が娘の障害にでもなるなら別だが。

※

町に到着すると、既に門の前にリルムがいた。

「ししょう、おはようございます！」

「おはよう、リルム」

「リルムさん、おはようございます！」

なぜかカティも挨拶をした。

「あれ……？」

「どうかしたのか？」

「いえ、あの……いま、なにかきこえませんでしたか？」

リルムはきょろきょろと周囲を見回す。

「う～ん……だれかのこえがきこえたような……」

「俺の声じゃないのか？」

「おんなのこのこえ……だったとおもうんですけど……」

「女の子……？」

おっさんも周囲を見回すが、女の子などどこにもいない。

「女の子の亡霊でもいたのでしょうか？　もしかしたら、勇者様を狙って――」

「やっぱり！　おんなのこのこえがきこえます……」

「え……？」

まさか……と思い、おっさんはカティに目を向ける。

「なんです勇者様……？」

「……ししょうのちかくで、こえが……きこえるきがします！」

「え……もしかして……私の声が聞こえてるんですか？」

カティもやっと気付いたようだ。

「ししょうには、きこえませんか？」

「う～ん……俺には聞こえないぞ。多分、気のせいだろ？」

「……そうなんでしょうか？」

だが、リルムにはカティの声がはっきりと聞こえるわけではない。

ぼんやりと聞こえるだけのようだ。

しかし、どうなっているのだろうか？

おっさんが疑問に思っていると、

「多分、リルムさんが勇者様の弟子になったからだと思います」

カティがおっさんの耳元でこっそり囁(ささや)く。

　おっさんの弟子になったリルム。

　それは樵の弟子になったことであり、勇者の弟子になったということでもある。

「職業――樵勇者の弟子ですから。職業レベルが上がれば、いずれは私の姿も目視できるかもしれません」

　なるほど……。

　だがレベルが低い間は、この妖精の声はリルムにとっては幻聴と同じか。

「リルム、俺も直ぐに行くから先に仕事場に向かっててくれ」

「え……あ……はい！　わかりました！」

　おっさんの言葉に素直に従うリルム。

　そして門の前で一人になったおっさんが、

「おいカティ。お前、暫く口を開くな」

「え～～～!?　ど、どうしてですかっ!?」

「今のお前の声はリルムにとって幻聴と同じだ！　そんな気持ち悪いものが聞こえたらかわいそうだろっ！」

「げ、幻聴!?　聖剣の妖精である私の声の、どこが気持ち悪いと言うんですかっ！」

「レベルが上がってお前の姿が見えるようになるまでの間だけでいい！　我慢しろっ！」

「ぐぬぬぬ……我慢したら、何かご褒美はありますか？」

褒美をねだってくるとは、卑しい妖精だ。

だが、仕方ないか。

「魔王を倒しに行けという頼み以外なら聞いてやる」

「……わかりました。その条件でいいです。もし破ったら、娘さんにお父さんは嘘吐き勇者様ですって言いますからね！」

なんて妖精だ！

おっさんは逃げ道を塞がれた。

娘に嘘吐きだと思われるわけにはいかない。

日頃から娘には、嘘はいけないことだと伝えているのだから。

「いいだろう」

「では契約成立です！　後、お伝えしたか覚えていないのですが、勇者と妖精は口を開かずとも会話することが可能です！」

「は？」

『伝えたいことを思うだけでいいんです。こんな感じで会話できます！』

頭の中にカティの声が響いてきた。

あまり感じたことがない変な感じだ。

『聞こえてるか？』

『はい！　あまりにも距離が開くと効果はなくなりますので、ご注意ください』

『なるほど……って、ちょっと待て！　だったら最初からこうやって話せばいいじゃねえかっ！　無効だ！　さっきの契約は無効！』

『ダメです！　もう契約済みです！　嘘吐き勇者様でいいんですか？　娘さん悲しみますよ！』

おっさんは見事、カティにハメられた。

娘を盾にされては、おっさんは無力。

何せ彼は、娘を何よりも溺愛しているお父さんなのだから。

『それに、いちいちこんな風に話すの面倒じゃないですか。コミュニケーションは口と口でするべきです』

なんとなく説得力があるようなないような。

『私はリルムさんのレベルが上がるまでは口は開きません。なので何かあれば、こうやって話し掛けてくださいね』

『わかった……』

今回ばかりはカティに軍配が上がった。

話も終わったところで、おっさんはリルムを追うのだった。

※

リルムと合流しおっさんは仕事場に到着。

「リルム、これはお前の為に買った斧だ」

「あ……これ……あたしに……？」

昨夜、武器屋で買った斧をリルムに渡した。

子供でも十分使えるサイズだ。

「少し小さめだが、刃はしっかりとしている。だから木を切るにも問題ないはずだ」

「ありがとうございます！　ししょう、あたしうれしいです！　いっしょうけんめい、がんばります！」

狼耳をピンと立てるリルム。

斧をぎゅっと握り、気合い十分のようだ。

こんなに喜んでくれるなら、もう少ししっかりした斧を買うべきだったろうか？

おっさんはそんなことを思ったが。

リルムが一人前の樵になったら、改めて斧を贈るつもりでいたので今回は勘弁してもらおう。

「さてリルム。樵も鍛冶屋とかと同じで職人の世界だ。だからこそ俺は見て覚えろと言った。それは覚えているな？」

「は、はい！」

だがしかし。

おっさんは聖剣で伐採をしていた。

一振りで伐採が完了してしまうのだ。

だからリルムにとって、なんの参考にもならなかっただろう。

「だが今日はリルムの初めての伐採だからな。今回は特別にやり方を教えよう！」

「はい！　ありがとうございます！」

「いいか。樵は危険な仕事だ。倒れてきた木に押し潰されちまった同業者もいる」

おっさんは、伐採をする上での注意事項を話した。

リルムはそれを真剣な顔で聞いていた。

「で、今回だが、いきなり木を切り倒すのは難しい。何より危険だ。だからリルムには薪(まき)割りをしてもらう」

「はい！　まきっていうのは、まるたをわったものですよね？」

「そうだ！　ちゃんとわかってるなんて偉いぞ」

「ししょうのはなしをきいて、おぼえました！」

狼耳(みみ)をピンと立てたリルムの目は、キラキラと輝いている。

おっさんを見る少女の瞳は尊敬に溢(あふ)れていた。

この目でじっと見られると、おっさんはちょっと怯(ひる)む。

この少女に尊敬されるほど、おっさんは大したおっさんではないのだから。

「じゃあまずは丸太を用意するから、ちょっと待っててくれ。後で改めて教えるが、伐採する時は木が倒れてくる方向に注意だ。それを予め決めて切らないと、木に押し潰されることになるからな」

説明を終えて、おっさんは聖剣を軽く振った。

本来なら時間を掛けて切るはずの大木が、一瞬で伐採完了。

――ドシーン！！！！！

地響きと共に木が倒れた。

力加減を間違うと、辺り一帯の木が倒れてしまうので注意が必要なのは相変わらずだ。

「ししょうのばっさいのぎじゅつは、なんどみてもすごいです！」

ちなみにこれは、伐採の技術が凄いのではなく聖剣が凄いのだが。

リルムにとってはどちらでも同じことだった。

聖剣を振っているのはおっさんなのだから。

「で、切り倒した木の枝を切り落として、この原木をさらに切る」

今回はリルムが丸太を割るということもあり、用意したのはちょっと短めで細い丸太だ。

太い丸太を割るには力と技術が必要だ。

太過ぎるとおっさんでも一撃で割るのは難しい。

とはいえ、今は聖剣があるので関係ないが。

「リルムにはこの丸太を割ってもらう」

「はい！」

リルムは丸太を持ち上げた。

そして、切り株の上に丸太を置く。

おっさんがそうやって薪割りをしていたのでそれを真似ているのだ。

仕事をするおっさんの姿を、リルムはしっかりと目に焼き付けていた。

だからまずは、見様見真似(みまね)で斧を構える。

「斧が丸太に当たる時、しっかりと斧を握るんだ。何度かやっていくうちにコツを摑(つか)めると思うが
……。とりあえず、振り下ろして丸太に当ててみな」

「はい！」

リルムは斧を振り下ろした。

だが、

「あうっ……」

空振りしていた。

立てた丸太ではなく、切り株に斧が刺さる。

「まぁ、最初はそんなもんだな」

「すみません……」

「気にするな。何度かやってるうちにできるようになるさ」

「……はい！」

「じゃあ、もう一回やってみ」

「はい！　……あれ……」

元気のいい返事。

だがその後、

「し、ししょう……」

困惑した声。

「どうした？」

「ぬ、ぬけません……」

切り株に刺さった斧の刃。

リルムは、それをなんとか引っこ抜こうとするも抜けない。

「ああ……結構勢いよく刺さったからな。よいしょ」

刺さった斧をおっさんは引っこ抜いた。

「すみません……」

「謝らなくていい。何事も経験だ」

「……あたし、がんばります！」
おっさんの言葉にリルムは勇気付けられた。
それから暫くおっさんは、薪割りに奮闘するリルムを見守った。
『勇者様、勇者様！』
『なんだ？』
『ちょっとリルムさんのステータスを見てみてください』
そういえば、あれからリルムのレベルは上がったのだろうか？
おっさんは言われるままに、リルムのステータスを見た。

名前：リルム　種族：狼人（ウエアウルフ）
職業：樵勇者の弟子　年齢：10歳
職業レベル：2→5
体力：20→36　魔力：0→0
力：16→30　守備：8→12
魔攻：0→0　魔防：0→0
速さ：22→37　運：8→9

レベルが3つも上がっていた。

そして相変わらず運の成長率の悪さ。

だが上がっただけマシなのかもしれない。

『成長が早いですね～。この調子なら直ぐに私が見えるようになるかもしれません』

『どれくらいで見えるようになるんだ？』

『恐らくですがレベル10にもなれば』

『あと数日もあれば、そのくらいにはなりそうだな』

『ただ、レベルは上がるに連れて多くの経験値が必要になります。なので徐々に成長は遅くなっていくと思います』

職業レベルというのはそういうものらしい。

今までステータスという概念すら知らずに生きてきたおっさんにとっては不思議なものだが、誰かの成長を数字で確認できるのは面白いものだ。

少しずつでも、確実に成長していくのがわかるのだから。

ザクッ――カタン。

「あっ！　ししょう、われました！　あたし、まきわりできました！」

パッカーンと綺麗に割れた丸太。

数度目の挑戦の末、少女は薪割りに成功した。

「おお、思っていたよりも早かったな。最初は丸太に当たっても割れないと思ってたんだが」

「ししょうのおかげです！　まるたにあたるときに、しっかりにぎってぶつけたらわれました！」

薪を割るなんてこと、他者から見れば大したことではないだろう。

だが、この少女にとっては大きな出来事だった。

おっさんから――少女の師匠から学んだ大切なこと。

だから少女は心の底から笑顔を見せる。

嬉しくて嬉しくて仕方ない。

そんな顔をリルムはおっさんに向けていた。

※

昼時。

ムーブで町に飛び、道具屋で薪を売った。

今日の食事をどうするか？

おっさんが考えているると、

「ししょう……きのうのおみせにいってもいいですか？」

「竜撃亭（りゅうげきてい）にか？」

「はい！　サラリナさんのりょうり、たべたいです！」

「ああ……。そういえば、そんな約束してたな」

竜撃亭の看板娘サラリナ。

可愛らしく明るく、真っ直ぐな女の子。

だが……彼女の料理は死ぬほどマズい。

正直、それをリルムが食べるのはどうかと思う。

しかし……。

「♪～」

るんるん。

そんな声が聞こえてしまいそうなほど、リルムは尻尾を振っていた。

ふりふりくるくる。

竜撃亭に行きたい。

サラリナのご飯が食べたい。

純粋な瞳でおっさんにそう訴えてくる。

「……じゃあ、行くか」

「はい！」

そんなリルムの姿を見て、おっさんが断れるわけがなかった。

※

竜撃亭に到着すると。

「あ、アンクルさんに、リルムちゃんも！」

「こんにちは！」

「もしかして、わたしの料理を食べに来てくれたの？」

「はい！」

「……リルム。改めて言っとくけどね、腹を壊しても知らないよ！」

カウンターから、ミランダが心配そうに声を掛けてきた。

「だいじょうぶです！」

リルムはそう言うが。

おっさんをはじめ、竜撃亭の女主人ミランダも不安そうだ。

死ぬことはない……。

それはおっさん自身が実証済みだ。

だが、以前彼が食べた時は、暫く筆舌しがたい味が残り、それから数日間は悪夢が続いた。

サラリナがおっさんにお代わりを持ってきて、オドロオドロしい色をした物体を口に流し込む。

夢のはずなのに味があり、あまりのマズさに飛び起きてしまうほどだった。

その味は明確に今も思い出すことができるほど、鮮烈におっさんの記憶に刻まれていた。

それ以降、彼女の料理はおっさんのトラウマになっている。

「本当に……いいんだな？」

改めておっさんは確認を取る。

「アンクルさん、さっきから失礼！　ちゃーんと食べられる物だけで料理してるんだから！　お母さんのドラゴンの尻尾焼きより全然マシだよ」

若さゆえの自信なのかもしれないが。

サラリナの料理への自信は過信を超えて愚かだ。

おっさんは冷や汗だらだらだった。

「さ、完成！　どうぞ、リルムちゃん」

皿に盛られた青紫色の料理。

それは素材の原形を留めていない。

まるでスライムのような、どろっとした物が皿に載っている。

「お、おい……まさか、ありゃあサラリナちゃんの必殺料理じゃないか!?」

「あ、あれが……!?　食った相手をあの世に送るって噂の……」

「ちょ、挑戦者は誰だ……？」

店の客たちまで、青ざめた表情に変わった。

さらに、

「まさか、あの小さな子が挑戦者か!?」

「正気かっ!?　どうなっても知らんぞ!?」

リルムのような少女が挑戦者だと知り、店中に戦慄が走る。

サラリナの料理のマズさは、この店の常連たちの間では有名のようだ。

『勇者様、あれ、なんですか？　食べ物なんですか？　人というのは時に恐ろしいものを創造してしまうのですね……』

妖精カティすらドン引きだった。

「サラリナさん、ありがとうございます！　いただきます！」

「はい、召し上がれ」

しかしリルムだけはその料理を見て満足そうだ。

やめろっ！　とおっさんは喉の奥底から叫びかけた。

だが、それよりも早くリルムはスプーンを持ち。

流し込むように口の中にかき込んだ。

緊張で時が止まったように感じた。

全員がリルムの様子を見守る。

そんな中、

「もぐもぐ。もぐもぐもぐもぐ」

頬を膨らませてもぐもぐするリルム。

まだ異変は起こらない。

「どうリルムちゃん？」

もぐもぐするリルムに、サラリナが聞いた。

わたしの料理、美味しいでしょ！　みたいな顔で尋ねているが、スライムを食わせておいて良くもまぁ、そんな自信を保てるものだ。

おっさんたちが感心していると、

「ごっくん」

もぐもぐしてごっくん。

リルムはあのとんでもない料理を飲み込んでしまった。

この場にいる全ての者たちに戦慄が走る。

あの狼人の娘は大丈夫かと。

「どうどう？　美味しい？」

ワクワクウキウキと興味津々のサラリナ。

だが、おっさんは思った。

美味いマズい以前の問題だと。

「リルム、大丈夫か？　身体に異変はないか!?」

「え……？　ししょう、どうしてそんなに、あわてているんですか？」

大慌てのおっさんに、リルムは不思議そうな顔を向けた。

「……リルム？」

「りょうり、とってもおいしかったです！」

驚愕の発言。

だがその言葉に嘘偽りがないことは、リルムの顔を見ていればわかる。

「でしょ～！　実験作なんだけど、自信作でもあったんだから！　どうようどうよ、アンクルさんも食べる？」

食うかっ！

おっさんは言い返すこともせず。

「本当に本当に大丈夫か？」

「はい！　またたべたいです！」

「こりゃ……たまげたねぇ……。あんた、きっと大物になるよ」

竜撃ミランダすらも感服していた。

リルムはもしかしたら、すごい子なのかもしれない。とおっさんは思った。

「と、とんでもねぇ新人が現れやがった！」

「あの子は何もんだっ!?」

そしてこの日から――竜撃亭の馴染みの中で、リルムは鋼鉄の胃袋と呼ばれることになるのだった。

「じゃあリルムちゃん、次の料理もいっちゃう？」

「サラリナ、今日はもうやめときなっ！」

自分の料理を褒められて調子に乗るサラリナだったが。

ミランダに本気で止められて今日の昼食は終わりを告げた。

※

リルムが知らず知らずのうちに、酒場の荒くれ者たちに一目置かれた後。

竜撃亭は、すっかり静まりかえっていた。

昼食を終えて、皆がそれぞれの仕事に戻ったからだ。

そんな中、おっさんとリルムはまだ店の中にいる。

「リルム、仕事に戻る前に少し話をしよう」

「はなし、ですか？」

「昨日、少しだけ話をしたんだが。勉強の話だ」

「ぁ――は、はい……！」

勉強という言葉を聞いて、リルムは少し身を強張らせた。

緊張しているようだ。

この少女にとって、勉強とは未知のものなのだろう。

「これからは三日に一度休みを入れる。そしてその休みの日に、家で勉強会を開く！」

「ししょうのいえ……？　あたし、ししょうのいえにいっていいんですか？」

「勿論だ。お前は俺の弟子だからな」

「……ししょうのいえ……」

リルムはそわそわしていた。

「イヤか？」

「そんなことないですっ!!」

即座に否定。

「いきたいです！　ししょうのいえ、いってみたいです！」

少女のそわそわがワクワクに変わっていた。

だが、あまりワクワクされても困る。

「俺の家に来るのが目的じゃないからな。うちで勉強することが目的だ」

「は、はい！　べんきょうもがんばります！」

リルムは何に対しても一生懸命だ。

それは、この少女の最大の長所。

だからこそ、教えがいがある。

当日は何を教えるか、しっかりと考えなくちゃな。

おっさんは、真面目（まじめ）にそんなことを考えてしまった。

「あの……ししょう。それと、さっきいってた、やすみっていうのはなんですか？」

「え……休みは休みだぞ。仕事をせずに身体を休める日だ」

「しごとをしないひ……？」

リルムは休みというものが何か知らなかったようだ。

だが、それも仕方ないことだろう。

毎日が生きる為に必死だったこの少女にとって、身体を休めるなどということは縁のないことだったのだから。

「そうだ。三日に一度は樵の仕事は休みだ。そして勉強をする」

「わかりました。やすみというのは、からだをやすめて、おべんきょうをするひなんですね！」

正確にはそうではない。

これをおっさんが肯定すると、ただでさえ勤労少女のリルムが勉学少女にもなってしまう。

人一倍、頑張り屋のこの少女のことだ。

身体も頭も休める暇なく、無理をすることに繋がるのではないか？

おっさんは心配になった。

「……か、必ずしも勉強をするわけじゃないんだ。好きなことをしてもいいんだ！　遊んでもいい日だぞ！」

「あそぶ……？」

再びリルムは首をちょこんと傾げてしまった。

「あそぶって、なにをしたらいいんですか？」

「え……リルムは、今まで遊んだことはないのか？」

「はい……」

10歳の遊びたい盛りの少女が、遊ぶことを知らない。

リルムの育った環境がそれを許さなかったのだ。

貧民街で生きていくことはどれだけ過酷なことなのか。

おっさんは再認識した。

そしておっさんは、

「リルム。勉強はやめだ！　明日――俺の娘も交えて一緒に遊ぶぞ！」

勉強などよりも、もっと人として当然の生き方をリルムに教えてあげたい。

そう思った。

この世界は優しくはないけれど、悲しいことばかりでもないのだから。

「あすですか?」

「そうだ。明日、昼頃に門の前に集合!」

「あすの、おひる。わ、わかりました!」

「よろしい! ……それと、今日は仕事を早く切り上げてお前の家に行く!」

「はい! ……って——え!? あ、あたしのいえに、ですか……」

目を丸めるリルム。

そしてはっとすると、おっさんから目を逸らした。

「リルムの母親に、挨拶をと思ってたんだ」

「……で、でも……あたしのいえは、その……」

自分の家が貧民街にあること。

リルムはそれを気にしていた。

師匠であるおっさんに、あそこに来てもらっていいのか?

悩むリルムだったが。

「リルム。俺はお前の師匠だ。そして俺は小さなことは気にしない。それにさ、リルムがどうやってお金を稼いでいるのか。今、何をやっているのか。そういうことをしっかりと知ってもらったほうが、お母さんだって安心だろ？」

おっさんは優しく微笑んだ。

子を持つ親ならば、子供のことが心配に決まっているのだから。

ましてや、貧民街で生きなければならない母娘ともなれば余計に。

「……わかりました。ほんとうは……おかあさんも、ししょうにあいたいって、いってたんです」

リルムはおっさんのことを、ちゃんと母親に話していたらしい。

「そっか。それなら尚のこと、ちゃんと挨拶しないとな」

職を探すことすら困難なリルムが、お金と食べ物を持ち帰ってきた。

それは少女の母にとって不安を伴う出来事だったに違いない。

本来、子供が金を稼ぐ方法など……限られているのだから。

「……はい。ししょう……」

「うん？」

「……ありがとうございます」

不器用に笑うリルムの頭を、おっさんは優しく撫でる。

いつかこの少女が、自然に笑えるくらい、笑いなれるようになってほしい。

おっさんはそんなことを思った。

「さて、話は終わりだ。仕事に行くか」

「はい！」

話が二転三転したものの、おっさんと少女は午後も伐採に向かった。

※

そして夕方には伐採を終え。

おっさんとリルムは町まで下りてきた。

いつものように薪を売り資金を作ると。

「さてリルム。お前の家に行く前に、何かお土産を買っていこうと思う」

弟子の親御さんの下へとご挨拶に向かう以上、それなりの礼儀を尽くさなければならないとおっさんは思っていた。

「おみやげ……ですか？」

「そうだ。リルムのお母さんは、何か好きなものはあるか？」

「……え、え～と……」

おっさんに尋ねられ、狼人（ウエアウルフ）の少女は必死に考えていた。

だが、すぐには思い浮かばないようだ。

「嫌いな食べ物はあるのか？」

「それはないです！　たべものなら、なんでもおいしいから！」

「……そうか」

調理道具などはない可能性が高い。

であれば、調理せずに直ぐにでも食べられる物がいいだろう。

「パンと……後は……。そういえば……リルムのお母さんは、狼人（ウェアウルフ）なんだよな？　なら肉とかのほうがいいのか？」

とんでもない偏見である。

狼人（ウェアウルフ）だからといって、必ずしも肉が好きというわけではない。

そういった傾向はあるかもしれないが。

「あ……えと、あたしのおかあさんは、ウェアウルフじゃなくてヒューマンです」

「え……？　じゃあリルムはハーフなのか……？」

「はーふ……ですか？」

おかしい。

だって……リルムの種族は狼人（ウェアウルフ）になっていた。

少なくともステータスの上では。

『カティ。ステータスと事実が違うということはあり得るか？』

『魔法を使えば、ステータスを偽ることは可能です。でもリルムさんの場合それはあり得ないかと

『……』

そんなことをするメリットもなければ、そもそもリルムは魔法を使うことができない。

つまり、

『……リルムさんとお母さんは、血縁関係にはないのだと思います』

やはりそうなるのか。

おっさんは戸惑った。

カティの声音にも戸惑いの色が混じっている。

これはおっさんが思っていた以上に、複雑な事情があるのかもしれない。

そもそも、リルム自身は自分が本当の娘でないことを知っているのか？

「……ししょう？　どうかしましたか？」

「いや……なんでもない。それじゃ美味しい物を買いに行くか」

「は、はい！　おかあさん、きっとよろこんでくれるとおもいます！」

リルムが今までにないくらい優しい笑顔を見せた。

その顔を見れば、この子がどれだけ母親を慕っているのかがわかる。

血の繋がりよりも、大切な絆（きずな）は確かにあると思えるくらい。

だからおっさんは無駄に悩むことをやめた。

「じゃあ、行くか！」

こうしておっさんたちは買い物を済ませた後。

リルムの案内で貧民街に向かった。

※

この町――ストロボホルンは二つの区画に分けられている。

国により法的に整備された一般市街。

こちらはおっさんが、普段から活動している場所だ。

身分と職がある者たちはここで生活を営んでいる。

そしてもう一つが旧市街――今では貧民街と呼ばれる場所だ。

こちらは極貧層や、市民権を失った者たちが隠れ潜み、荒廃状態となってしまっている。

普段ならめったに訪れることのないこの場所に今、おっさんは足を踏み入れていた。

「……」

『酷(ひど)い場所ですね……』

カティの考えがおっさんに伝わっていた。

だが、それにはおっさんも同意だ。

一般市街と違い、まるで活気がない。

建物など古びており、今にも崩壊してしまいそうだ。

どこかがゴミ溜めになっているのか、風に流れて異様な臭い(にお)が漂ってくる。

こんな場所に……リルムは住んでいるのか？

おっさんはその事実に、なんだかたまらなくなる。

道の端では人が倒れていた。

一人や二人ではない。

痩せこけた子供。

生きる気力すら失った老人。

年齢の違いはあるものの、共通して言えるのは目が虚ろで生きる気力を失っている者たちということだ。

眠っているのか、死んでいるのかさえ区別がつかない。

恐らく彼らは、この貧民街の生存競争に負けた者たちなのだろう。

力がないなら奪われ続けるしかない。

弱者は生きていくことなどできない。

その現実が——目の前に広がっていた。

「しょう、こっちです！」

リルムはこの状況など、一切気にも留めていない。

これは……彼女にとっての日常だからだろう。

それがイヤというくらいわかってしまった。

「こっちが近道なんです」

そう言って、リルムは建物と建物の間の細道を通っていく。

すると、

「……おい」

「ちょっと待ちな」

「ふひひひっ！」

成人はしていないくらいだろうか？

おっさんから見るとまだ子供と言っていい三人組が、待ち伏せしていたように現れた。

「……な、なにっ!?」

リルムが身を固くする。

知り合いというわけではないようだ。

「なんだお前ら？」

おっさんはリルムを守るように一歩前に出た。

「最近、そのガキがハブりがいいみたいでな。食い物を持って歩いているのを見かけたんだ」

「ちょっとでいいから、カワイソーなオレらに分けてくれよー」

「ひひひっ、そうそう。びょーどーにさ」

　下卑た笑みを浮かべる三人。

『明らかに悪者っぽい人たちですね』

　カティの言葉におっさんも全面的に同意だった。

（……しかし……なるほど。こういう輩が当然のようにいるのか）

　流石は貧民街。

　おっさんは考えが甘かった。

　貧民街の少女がお金と食べ物を持っているということ。

　ただそれだけのことが、危険に繋がるなど考えもしていなかったのだ。

（……今日、リルムに付いていきて良かった）

　それは本当にたまたまではあったけど。

　この子を守ることができるから。

　不安そうに唇を噛むリルムに、おっさんは笑いかけた。

　大丈夫だよ。という想いを込めて。

「……お前ら。悪いことは言わない。今後この子に関わらないと約束して、この場から消えろ」

　なるべく穏便に済ませようと、おっさんは思っている。

　だからこそ、一度は警告した。

おっさんとて、恨みを買いたいわけではないから。

「おっさん、なに言ってんの？」

「オレらの言葉、聞こえなかったのかよー？」

「ひひひっ。大人しく言うことを聞いたほうがいいぜ？」

三人は、ポケットから武器を取り出した。

リーダー格の目付きの悪い男はナックルを両手にはめる。

鉄の棘（とげ）が付いており、殴られたら大怪我（おおけが）しそうだ。

お付きの二人はナイフを取り出した。

果物ナイフの為、武器には適さない上、ボロボロで刃こぼれしていた。

恐らく切れ味は相当鈍い。

今まで、脅しに使ってきただけなのだろう。

「……引く気はないのか？」

「さっきからごちゃごちゃ！　痛い目見たほうがはえーみたいだなっ！」

リーダー格の目つきの悪い男が襲ってきた。

おっさんは考える。

流石に聖剣で切るわけにはいかない。

何か……便利な魔法はないか。

おっさんは自分の覚えている魔法を確認した。
すると、新しく魔法を覚えていることに気付く。

※

魔法：タイムアクセル　消費魔力：8
対象者の速さ向上。
重ねがけ可能。
ただし限界値を超えることはない。
魔法：タイムフォール　消費魔力：8
対象者の速さを低下。
重ねがけ可能。
ただし最低値を下回ることはない。

（……便利そうだな）
おっさんは、この二つの魔法を使うことにした。

まずはタイムアクセルを自分に使用。

不思議と身体が軽くなった気がする。

続けて三人にタイムフォールを使用した。

すると、襲い掛かってきた男の動きが驚くほど遅くなる。

少なくとも、おっさんにはそう見えていた。

（……あれ？　随分と遅いな？）

おっさんは男の動きを確かめながら、サッと身体を右にずらしてそのまま右足を出す。

ただそれだけのことで、

「ぐあっ!?」

おっさんの足に引っかかり、目付きの悪い男がバターンとこけた。

「……続けるか？」

「っ……て、テメェー……!!」

男の目が怒りに歪（ゆが）む。

それは戦闘続行の意志だとおっさんは判断した。

「テメェーら、やっちまえっ！」

倒れながら命令を出すリーダー格の男だが。

「……？」

返事はない。

「おい、テメェーら!!　聞いてんのかっ！」

再度、男は声を荒らげたのだが、やはり返事はない。

だが、それも仕方ない。

「ああ……そのな。あっち、見てみろ」

「あっち……」

男が後ろを振り返ると。

「え……？」

取り巻きが倒れていた。

「悪いな。もうぶっ飛ばした」

「はっ!?　て、テメェー、い、いつの間に!?」

「だって、お前らの動き遅いんだもん」

それもある。

だが、それ以上におっさんが速いのだ。

元々のレベル差は当然だが、さらには魔法で速さを強化しているのだから。

「一応、まだ殺しちゃいないからな」

勿論、最初から殺す気などない。

ただ脅しは必要だ。

こいつらがおっさんがいない時に、またリルムを襲う可能性だってあるのだから。

「……あ、あんた……一体、何もんだ……」

リーダー格の男の敵意は、完全に消失していた。

「俺は見ての通り、ただの樵だ」

「き、キコリ!?　んなわけねぇだろっ！　それにあんた、斧を持ってないじゃねえかっ！」

「斧はなくとも樵だ！」

「んぐっ……」

有無を言わさないおっさん。

男はもう、おっさんの言うことを否定はしなかった。

「……お、おれたちを……どうする？」

「どうもしないよ。ただ、約束しろ。この子を二度と……」

ここまで言いかけて、おっさんは逡巡した。

襲わないだけでいいのか？　と。

だったらいっそ、こいつらにリルムを守らせるのはどうだろうか？

勿論、簡単に言うことを聞くわけはない。

だが、

「……お前たちと交渉したい。見逃してやる代わりに、これからこの子を守ってくれないか？」

「は……」

目付きの悪い男が、意味がわからないとばかりに大きく目を見開いた。

「ただでとは言わない。これをやる」

おっさんは持っていた袋の中からパンを取り出した。

「この子を守ると約束するなら、これから毎日食料をやる」

「……な、なに考えてんだあんた……？」

「労働の対価だ。お前たちはこの子の為に働く。俺はその対価を払う。どうだ？」

「……正気か……？　そいつは、あんたのガキってわけじゃねえんだろ？」

「そうだ。だが、この子は俺の弟子だ」

「弟子……？」

「そうだ。だから師匠として、俺はこの子を無事に家に送り届ける必要がある」

「……ししょう」

リルムは唇をぎゅっと噛み、泣きそうなのを我慢していた。

少女は師匠(おっさん)が、そこまで自分のことを考えてくれていることが嬉しかったのだ。

いつもおっさんは、少女を嬉し泣きさせてしまう。

当然、おっさんにはそんなつもりはないのだけど。

「……それで、おれたちを見逃してくれるのかよ？」

「ああ。それに食料もやる。俺は嘘は吐かない。約束だ」

口約束など、簡単に破れる。

男はそう思った。

だが、目の前のおっさんは嘘は吐いていない。

目を見ていれば、不思議とそれはわかる。

貧民街で生きてきた男は、今まで何度も騙されてきた。

だから彼は、本当と嘘の区別だけは、誰よりも見分けられる自信があったのだ。

「……わかった」

「よし。じゃあ、これからよろしくな。俺はアンクル・フレイルだ」

「……フェブルだ」

おっさんは手を差し出す。

フェブルがその手を取ると、おっさんは彼を立ち上がらせた。

「じゃあリルムのこと、頼むぞ。フェブル」

「……本当に、おれなんかを信用するのかよ？」

「するさ。それにもうわかっただろ？　俺と争ってもいいことないぞ」

「……ああ。あんたとは敵でいるより、味方でいたい。これは嘘じゃねえ」

おっさんのことは、絶対に怒らせないほうがいい。

この戦いにもならなかった戦いで、フェブルはそう確信していた。

「そうか。なら、俺たちは約束を違えない限りは仲間だ」

「……仲間……か。……わかった。あんたの言葉を、おれは信じるぜ」

信じる。

そう口にしたフェブルの顔は真剣だった。

心の中まではおっさんにはわからなかったが。

それでもおっさんは、フェブルを信用できると思った。

「それとお前の護衛対象になるリルムだ」

「……」

しかしリルムは、フェブルを警戒していた。

「そんな顔で見るな。さっきは悪かった。もう襲わねぇよ。あいつらにも、よく言っとく」

フェブルは、今も倒れている取り巻きを指さして言った。

「……ほんと?」

「本当だ。アンクル……さんと約束したからな」

そう言って、フェブルはニッと笑った。

正直、子供には怖い笑顔だったと思う。

リルムはまだ警戒をしていたが。

「……あたしは、リルム。よろしくね、フェブル」

「おう……よろしくな」

二人は仲直りした。

決して心の底から信用したわけではない。

ただ、二人はおっさんを信用している。

だからこそ、互いを信用することにしたのだ。

こうしておっさんは、本当にたまたまではあるが、貧民街で仲間を見つけたのだった。

※

名前：フェブル　種族：猫人（ウエアカッツェ）
職業：貧民街の少年　↓　リルムの護衛　年齢：15歳
職業レベル：1
体力：30／30　魔力：0／0
力：28　守備：18
魔攻：0　魔防：0

速さ：20　　運：12

特技：洞察力ＬＶ１

相手の表情や仕草で嘘を見抜ける。

※

今後、日が落ちた頃に貧民街の入口でリルムを待つこと。

護衛として家の近くまで送り届けること。

フェブルとそんな約束した後、再びおっさんたちはリルムの家に向かった。

「あそこが、あたしの家です！」

そして、ついに目的地に到着。

少女が指を向けたその建物は。

家というには粗末な、木材が適当に置かれて形作られただけの、家のようなものだった。

おっさんの身長くらいの高さしかなく、広さも成人した男であれば、５人も入ればぎゅうぎゅうではないだろうか？

一応、扉のような板が付いている。

これは開くのだろうか？

そんなことをおっさんが考えていると。

「しょう、すいません。すこしだけまっててください。おかあさーん！　ただいまー！」

取っ手のない扉は押すだけで開いた。

リルムはそそくさと家の中に入っていく。

おっさんが来たことを母親に説明しているのかもしれない。

あの少女の母親に会う。

そう考えると、なんだかそわそわしてしまう。

『勇者様、落ち着きがないですよ。ビビってるんですか？』

カティの言葉が頭に響く。

それにしても、失礼な妖精だった。

『相手方の親にご挨拶に行くっていうのは、緊張するもんなんだよ』

『結婚相手のご両親への挨拶じゃないんですから……』

『同じようなものだろ？　今まで弟子なんていたこともないからな。なんとご挨拶すればいいか……』

『普通に、リルムちゃんに樵のあれこれを教えていますでいいじゃないですか』

いや、そもそもどうしてそうなったのか。

経緯とかも話す必要がある。

だがおっさんのしていることは普通ではない。

貧民街の子供を弟子に取るなど、正気の沙汰ではない。

そう思われてもおかしくない行為だ。

もし親御さんがリルムを本当に大切にしているのなら、おっさんに何か思惑があるのではないか。

そう疑うに違いない。

『勇者様はあれこれ考えるより、思ったことをそのまま言えばいいんですよ。多分、そのほうが上手くいきます』

……なるほど。

一理ある。

上手くいくかはわからないが、確かにあれこれ考える必要はないのかもしれない。

嘘を吐くわけではないのだ。

あったことを正直に伝えよう。

おっさんはそう決めた。

考えが纏まった頃、

「ししょう、どうぞ。はいってください」

リルムに呼ばれて、おっさんは家の中に入った。

「……あなたが、師匠さん……ですか？」

家の中に入って直ぐ、か細い声が聞こえた。

おっさんは視線を向ける。

ボロ切れのような布の上に横たわっていた女性が、身体を起こした。

「……リルムの……お母さんですか？」

「はい。初めまして」

とても物腰柔らかな女性――おっさんはそんな印象を受けた。

なんだか貧民街出身とは思えない。

不思議と気品のようなものを感じる。

『とても……綺麗な方ですね』

妖精のカティから見ても、そう感じるようだ。

着ている服は薄汚れており、決して綺麗とは言えない。

女性自身も痩せ細り、裕福さというものとはかけ離れていることは一目でわかる。

それでも、おっさんは不思議とこの女性を美しいと感じていた。

「どうかされましたか？」

「あ、いや……すまん。少し緊張していたみたいだ」

「ふふっ……私のような貧民街で暮らす女に緊張なんて。師匠さんは面白い方ですね」

リルムの母は慎ましく笑う。

獣人たちの特徴であるふさふさの獣耳(みみ)や尻尾がない。

種族は人間(ヒューマン)で間違いないようだ。

やはりリルムとは、血縁ではないのだろう。

「さっきから、私の顔ばかりを見つめていらっしゃいますね？」

「はっ——す、すまん」

おっさんはまた謝っていた。

『勇者様、もしかしてこの女性にほの字ですか？』

そんな妖精を無視して。

妖精は今日もぶっちぎりでうざい。

「俺はアンクル・フレイル。職業は樵をしてる」

「私はミーアです。アンクルさんの職業については、リルムから聞いています。本当に樵さんなんですね」

樵さん……なんていうほど、可愛い仕事ではないが。

「縁あってリルムの師匠になった」

「はい。リルムから聞いています。師匠はとっても凄いんだって。最近はずっとそればかりで」

「お、おかあさん……！　そ、そんなこといわなくていいよ……」

「あら？　恥ずかしがってるの？　可愛いわね、リルムったら」

頬をうっすらと染めるリルム。

そんな娘を、ミーアは慈愛に満ちた眼差しで見つめた。

その瞳からは、親が子を見守る深い愛情を感じる。

二人は血縁関係こそないものの本当の親子なのだ。

おっさんには、それが直ぐにわかった。

『仲良し親子みたいですね。なんだか私、ちょっと安心しました。リルムちゃんのお母さん、とてもいい人みたいです』

ミーアはきっと、深い愛情を注いでリルムを育ててきたに違いない。

この貧民街でも負けないように。

それはしっかりと、リルムに伝わっているのだろう。

だからこんな状況の中でも、この少女はこれほどいい子に育ったのだ。

おっさんはここに来て、色々と聞きたいことがあった。

でも、もうそんなことはどうでも良くなっていた。

血の繋がりなど関係ないくらいに、二人は本当の親子だと思えたから。

「……ミーアさん」

「はい。なんでしょうか？」

名前を呼ばれ、ミーアはおっさんに顔を向けた。

「今更で申し訳ないんだが……。リルムを俺の弟子にしてもいいだろうか?」

「はい。よろしくお願いします」

「え……そ、即答で、いいのか?」

「はい」

おっさんはここに来るまで、あれこれと悩んでいたのに。

あっという間に許可をもらってしまった。

「そ、そうか。ダメだと断られる可能性も、考えていたのだが……」

「……アンクルさん。私は相手が誰でも同じことを言ったわけではありません」

「うん? どういう意味だ?」

「あなたの目を見て、あなたと話すことで、アンクルさんが信じられる相手だと確信できました」

「そ、そうなのか?」

「はい。こう見えて、私は人を見る目は確かなんですよ。だからこそ……女二人で今まで生き抜いてこられたんですから」

ミーアの表情が一瞬、真剣なものに変わった。

人を見る目というのは生きる上で確かに必要なものだ。

それが貧民街となれば尚更。

「信じてはもらえないかもしれませんが、私は人の心がなんとなくわかるんです」

「人の心が……？」

「ししょう、ほんとうなんですよ！　おかあさんはすごいんです！　なんでもわかっちゃうんです。わるいことをしても、ぜったいにバレちゃうんです！」

リルムはとても興奮していた。

しかし、

（……親であれば自分の子の嘘くらい見抜けるんじゃな――）

「今、アンクルさんは子供の心くらい大人なら見抜ける。そう思われましたね？」

「……!?」

「当たりましたか？」

目を見開くおっさんを見て、ミーアは柔和に微笑む。

「驚いたな……」

『勇者様、ステータスを見てみたらどうですか？　リルムさんのお母さんの力は、技能（スキル）なのかもしれません』

カティがそんなことを言ってきた。

だが……あれは人の内情まで知ってしまう為、あまり使いたくない。

というのが、おっさんの本音だ。

だから敢えてステータスは見なかった。

どうしても必要な時があれば確認させてもらおう。

「私はアンクルさんを信じられます。だから……どうか娘をよろしくお願いします」

深々と頭を下げるミーア。

「おかあさん……」

そしてリルムも一緒におっさんに頭を下げた。

「二人とも顔を上げてくれ」

おっさんは、二人の気持ちを受け取った。

だから、

「ミーア、安心してくれ。俺の弟子としてしっかりと育てる。一人でも生きられるくらいの技術を身につけさせる。必ずな」

そう言ったおっさんの目を、ミーアはしっかりと見つめて。

「……やはりあなたは信じられる方です。リルム、しっかりと勉強させてもらうのよ」

「うん！　わたし、がんばるから！　それでね、たべもの、いーっぱいかえるようになるからね！」

「……うん。きっと、リルムならできるわ」

ミーアがリルムの頭を撫でた。

優しい笑みを向け合う二人。

ふと、おっさんは懐かしい光景を思い出した。

おっさんの妻が……娘を見て優しい笑みを浮かべる姿を。

もしも……あいつが生きていたら。

そんなことを思って、おっさんは少しだけ切なくなっていた。

『勇者様……？』

カティが不思議そうにおっさんを見ていた。

それに気付き、おっさんは気を取り直す。

「……さて。挨拶もできたし、俺はそろそろ行くよ。それとこれは手土産だ。二人で食べてくれ」

「あ……こんなに。ありがとうございます。お高いのでは……？」

「気にしないでくれ。挨拶が遅れた詫びだ」

「……本当は私からご挨拶に行くべきだったのですが……。こんな身体では動くのも容易ではなくて……」

痩せ細った身体。

一日で健康体ではないことはわかる。

「無理するな。しっかり食べて元気になってくれ」

「……はい。ありがとうございます」

だが決してこの状況には悲観していない。

強い女性だ。

リルムはいい人に育てられた。

この少女にとって本当に幸運なことだったろう。

おっさんは心からそう思っていた。

『カティ、回復の魔法は病人に効果はあるか？』

『病気が治るかといえばそうではありません。回復魔法は元からある生命力を向上させて傷を治したりするものなので』

大きな効果はないか。

しかし、それでも何もしないよりはいい。

おっさんはそう思い、キュアを使った。

優しい光がミーアを包み込む。

「今の光は？　なんだか少しだけ温かくなったような？」

キュアの効果だろう。

少しでも元気になってもらえれば。

おっさんはそう願った。

それがリルムの為にもなる。

「それじゃあ、俺は帰るな。また……近いうち挨拶に来てもいいか？」

決して軟派な発言ではない。

同情という言葉は悪いが。

おっさんはこの家族が心配だったのだ。

「ええ。お待ちしています。リルム……アンクルさんを送ってあげて」

「うん！」

こうして、おっさんは家を出た。

「ししょう、きょうはありがとうございました」

「礼を言われるようなことじゃないよ。リルム、明日は仕事じゃないからな。遊びに行くんだ。時間を間違えるなよ」

「は、はい！　よろしくおねがいします！」

「おう！」

リルムの頭にポンと触れて、

「じゃあまた明日な！」

「またあしたです！」

おっさんは帰路に就いた。

振り返ると、リルムがおっさんに手を振っていた。

「ししょう、きをつけて～！」

眩しいくらいの笑顔で。

なんであんなに嬉しそうなんだろう。

そんな疑問が浮かぶくらいに。

リルム自身にしか、その理由はわからないが。

きっとそれは彼女の尊敬の念と、感謝の表れだったに違いない。

※

おっさんたちが帰った後。

「おかあさん、みて！　ししょうのおみやげ！　こ～んなに、いっぱい！」

こんなに沢山、食べ物がある。

リルムはそれだけでとても幸せだった。

「……そうね。すごいわ、夢みたい」

優しく微笑みを返すミーア。

リルムは母の笑顔が大好きだった。

無条件で自分に優しい笑みを向けてくれる。

たった一人……いや、今は師匠もいるから二人。

こんな風に優しい笑顔を向けてくれるのは、少女にとって世界で二人だけなのだ。

「どれからたべよう？　おかあさん、なにがたべたい？」

こんなことを聞く日がくるなんて、リルムは思ってもいなかった。

食べ物がない日だってあったのだから。

「……お母さんはどれでも大丈夫よ。どれもとても美味しそうだもの。だから、リルムが食べたいのを食べて」

いつもそうだった。

ミーアは常にリルムを優先してくれる。

『お母さんは、お腹が空いてないから』

そう言って、少ないご飯をリルムにくれた。

自分は食事も取らず、ミーアだってお腹が空いているはずなのに。

彼女はいつも、リルムが食事をする姿を優しい笑顔で見つめている。

そんな母の優しい笑顔がリルムは大好きで。

だからもっと笑ってほしい。

いつの間にか、そんな風に思うようになっていた。

じゃあ、どうしたらいいんだろう？

どうしたら、お母さんは笑ってくれるかな？

もっとお母さんに楽をさせてあげたい。

そんなことを考えるくらいに、リルムも少しずつ大人になっている。

色々なことが少しずつだけど、わかるようになってきているのだ。

どれだけ苦労して、ミーアがリルムを育ててくれたのかとか。

想像することくらいはできる。

だからこそ少女は思う。

「あのね、おかあさん。あたしこれから、がんばるから。すこしずつでも……くらしが、らくになるように、はたらいて。おかあさんに、おいしいものを、たくさんたべさせてあげるから！」

それが今の、リルムの目標の一つ。

今までの感謝を胸に、今度は自分が母をもっと笑わせてみせる。

小さな胸に大きく誓っていた。

「リルム……」

そしてミーアは微笑むと、白く細い手をゆっくりとリルムに伸ばした。

少女は目を瞑（つぶ）る。

ミーアはリルムを褒める時、頭を撫でる。

それは優しい時間。

幸せな世界。

リルムの守りたい場所。

だけど……。

伸ばされた手は、リルムに届くことはなく。

バタン――と崩れ落ちる音がした。

「え……？」

その音にリルムは目を開く。

「おかあ……さん……」

少女の目に映ったのは、口から血を流し倒れる母の姿だった。

「おかあさん……おかあさん!?」

「……リルム……ごめん、ね……。だいじょうぶ……だか……」

「おかあさん、おかあさん!?」

リルムの呼びかけに、ミーアは答えない。

答えられない。

意識は途絶えていた。

大丈夫なわけがない。

そんなことは医療的な知識のないリルムの目から見ても明らかだった。

やだやだやだやだやだ、お母さん、死なないで。
死なないで死なないで。
あたしを置いていかないで。
そんな恐怖心が少女の心を支配する。
だが少女は何もできない。
ただ願うだけ。
祈りを捧げるだけ。
お母さんを助けてください。
あたしはどうなってもいいです。
だからお母さんを助けてください。
心の底から祈った。
それと同時に――リルムの脳裏におっさんの姿が浮んだ。
「――おかあさん、まってて！　すぐにもどってくるから！」
少女は走り出していた。
師匠(おっさん)の下へ。
考えなしの行動だ。
リルムはおっさんの家を知らない。

だから彼に会える保証なんてない。
だけど――それでもリルムは走った。
少女が頼れる唯一の相手は――おっさんだけなのだから。

※

その頃、おっさんは。

リルムの家を出て貧民街を歩いていた。

ムーブを使って帰ろうとしたのだが、少し気になることがあったのだ。

それは何かというと。

「お、やっぱりまだここにいたか」

「……アンクルさん」

フェブルの取り巻きが目覚めたかどうかだ。

そして案の定、まだ目を覚ましていないようだった。

「こいつら、まだ起きねえんだよ。ぐーすか寝てやがる」

心配になって来てみたのだが、おっさんの杞憂(きゆう)だったようだ。

だが念の為。

「……ちょっと待ってろ」

おっさんは気絶する二人に、キュアを使った。

「……うん？　あれ……オレはなんでこんなとこで寝てんだー……」

「……あれ……？」

二人は目を覚ますと、ぼんやりとした顔できょろきょろしている。

「……アンクルさん、今の光は……？」

「魔法だ」

「マホウ……？　名前は聞いたことがある。学校で教えてもらえるヤツだろ？　あんた、キコリって言ってたけど学もあるんだな……」

感心したようなフェブルの声。

「いや、魔術と魔法は違うらしいぞ」

「？　どういう意味――」

「――!!」

フェブルがおっさんに聞き返した時だった。

おっさんの耳に、何か聞こえた。

「……うん？」

『勇者様、どうかしましたか？』

「今、何か聞こえたような……？」

『私には何も聞こえませんでしたが……？』

カティはそう言うが、おっさんの耳には確かに聞こえたのだ。

強い叫び声が。

「アンクルさん、どうしたんだ？」

「いや……」

フェブルが不思議そうにおっさんを見ていた。

やはり気のせいだったのだろうか？

そう思おうとした時だった。

『――た……け……！』

――気のせいではない。

聞こえた。

「……リルム？」

先程よりも確かに。

それはリルムの声だった。

おっさんは胸騒ぎがした。

何かあったのだろうか？

声は近い。

「アンクルさん、さっきからどう――」

「悪い、もう行くわ。それじゃあ、またな」

「え……？　あ、あれ……？」

それだけ言って、おっさんは消えていた。

少なくとも、フェブルの目には消えたように映っていた。

※

リルムは走った。

ただただ走った。

全力で、息が切れようと膝が震えようと、苦しくても走った。

――お母さんは、もっと苦しんでる。

そう思えば、自分の苦しみなどなんでもなかった。

だけど、走っても走っても師匠の姿はどこにもない。

それでもリルムは必死に走った。

しよう……。

たすけて……。

ししょう……！

どこにいるの……。

心が救いを求め叫んでいた。

でも、その叫びは届かない。

リルムの師匠はどこにもいない。

「ししょう……！」

心の叫びが次第に声に変わる。

「たすけて、おねがいだから……！」

ボロボロと涙を零(こぼ)しながら。

それでも少女は走り続ける。

希望を探し求めるように。

「たすけてよぅ……！」

悲痛な声で救いを求めた。

その声は天まで届けとばかりに響いた。

だけど、神様には届かない。

「……うっ……ううぅ……」

ついにリルムの足が止まった。

涙で視界がぼやけている。

顔を伏せると、ぽろぽろと零れ落ちた。

「どうして、どうして……どうして……！」

少しずつ、この世界は優しいと思えるようになっていた。

楽しいと思えるようになってきていた。

それなのに……こんなの、こんなのって……。

「泣くな、リルム」

傍（そば）で声が聞こえ、リルムは顔を上げる。

ぼやけた視界。

ただ、それでも、目の前にいる相手が誰かリルムにはわかった。

「ししょう……」

「声が聞こえたからな。慌てて飛んできた。何があった？」

神様には確かに、少女の声は届いていなかった。

それでも、たった一人。

「ししょう、おかあさんを、たすけてぇ……」

リルムの願いは、しっかりとおっさんに届いていたのだった。

第四章　リルムの願い

リルムから話を聞き、おっさんは直ぐに行動を開始。
ムーブを使いリルムの家に移動した。
「おかあさん！」
倒れ伏す母親にリルムは大慌てで駆け寄る。
ミーアは呼びかけには応えない。
おっさんは様子を見る。
血を吐いた跡があった。
（……病気……とリルムは言っていたが……）
おっさんの脳裏に妻を失った時の記憶が過る。
人は簡単に死にはしない。
だけど……一瞬で失ってしまう時もあるのだ。
自らの経験からおっさんはそれを知っていた。

「……ししょう」
リルムは泣きながらおっさんに縋る。
この少女の為にも、ミーアを助けたい。
おっさんは強く願う。
まだ息はある——助けられる可能性はある。
『勇者様……ミーアさんのステータスを見てくださいませんか？』
カティが語りかけてきた。
『それよりも今は医者に——』
『もしかしたら、ミーアさんを助けられるかもしれません』
今までにないほど真剣なカティ。
だからこそ、おっさんはカティの言葉を信じ。
ミーアのステータスを確認した。

名前：ミーア・セグレタニア　種族：人間
職業：リルムの母　　　年齢：28歳
職業レベル：10
体力：8／58　　　魔力：80／80

力：38　　守備：30
魔攻：66　　魔防：82
速さ：20　　運：32
技能（スキル）：心読（マインドリード）

おっさんは、次々とミーアのステータスを読み取っていく。
すると。

状態：フィアラ病

ミーアの母の状態の詳細を見つけた。
これがミーアの母の病名だろう。
『フィアラ病……』
重々しいカティの声。
普段は明るいこの妖精が、優れない表情を見せている。
『治療が難しい病なのか？』

『はい……。身体の機能が徐々に失われていく難病です。内部からじわじわと人を死に陥れていきます』

おっさんに医療の知識はない。

だが、彼も妻を病気で亡くしている。

フィアラ病ではないが、同じように難病と言われる病だった。

そして救うことができなかった。

何もしなかったわけじゃない。

おっさんはできる限り手を尽くした。

しかし、どんな医者だろうと、回復魔術を行使しようと治癒することはできないと。

医学に携わる者たちは、口を揃えてそう言った。

発症者自体が少なく、治療法が明確になっていないのだと。

(……ミーアが同じような難病にかかっていたなんて)

『……勇者様』

『カティ、何か手はないか？』

難しいことは承知の上で、おっさんは聞いた。

『……治癒する手段自体はいくつかあります』

『あるのかっ!?』

おっさんは驚愕した。

医者からも見放されたあの病を、治癒する手段があるということに。

『教えてくれ！　どうしたらいい!?』

思わず両手でカティを掴む。

『ちょ!?　ゆ、勇者様、慌て過ぎです！』

『……頼む』

懇願するおっさん。

それはリルムの為だけではない。

今度こそ、救えるかもしれない。

あの時は救えなかった。

だけど……今なら――。

『もし俺が勇者なら、何かできることがあるんじゃないか？』

『はい。おっしゃる通りです。ミーアさんを助ける手段の一つとして、勇者様がレベルを上げてこの病を治癒する魔法を手に入れる。という手があります』

『レベルを？』

そんな魔法も覚えられるのか？

『レベルが上がっていけば、勇者様にはそれこそ不可能はなくなります。以前も申し上げましたよね』

　そんな話をされた気もする。

『じゃあ今からレベルを上げて――』

『ですが、それは現実的ではありません。職業レベルは徐々に上がりにくくなっていきます。そして、難病を治すほどの魔法ともなれば相当高いレベルになるはずです』

『っ……ならどうしたら……』

『落ち着いてください。もう一つ……手はあります。フィアラの涙――と呼ばれる道具(アイテム)を使うことで、このフィアラ病を治癒することが可能です』

　フィアラの涙？

　このフィアラ病と関係しているものなのか？

　だが、その詳細を確認している時間が惜しい。

『私の知る限りでは、フィアラ病の治療手段はこの二つのみです。どちらを選択するかは勇者様の判断になりますが、ただ……』

　その二つしかないなら、選択は一つだろう。

『それはどこにある？』

『フィアラの涙を取りに行かれるのですか？　ですが勇者様、危険もあります。勇者様はお強いですが、あそこは……』

『カティ……俺は――』

おっさんはもう決意していた。

『ミーアを助けるって決めたんだ！』

絶対に揺るぐことのない。

おっさんの強靭な意志を感じ、カティも決意を固めた。

『……クルクアッド大陸最北――火竜山です』

そこはドラゴンの住処とまで言われ、魔大陸よりも危険と言われる場所だった。

※

『じゃあ行くか』

『え……』

おっさんの言葉に、カティは戸惑い唖然とする。

『だから、その火竜山にフィアラの涙があるんだろ？』

『い、行くかって、ゆ、勇者様、そんな軽く決めていいんですか？　ドラゴン！　ドラゴンですよ！　がおーっ！　って火のブレスとか吐くあのドラゴン！』

カティの表現は抽象的ではあるが。

おっさんもドラゴンが恐ろしい生物であることくらいは知っていた。

曰く、万能の存在。

曰く、大陸最強の生物。

曰く、神にも等しき存在。

人々はドラゴンを、こんな風にたとえている。

それだけ強大な力を持った存在であるということだろう。

当然、危険もある。

それは承知の上で、

『だが、のんびりしてる暇はないだろ？』

先程、ミーアのステータスを確認して気付いたことだが。

このままでは、彼女はもう長くはない。

そしてカティも、それに気付いているはずだ。

『……このままでは今日が山でしょう。ですが、だからといって直ぐに火竜山に行くのは反対です』

カティは続けて口を開く。

『行くなとは言いません。ですが準備を怠ってはいけません！　いくら勇者様とはいえ相手はドラゴンなのです。命を落とさないという保証はありません！』

いつもは頼りない妖精ではあるが、今回ばかりは強固な意志を見せた。

『まずは準備を整えましょう。勇者様がやられてしまっては、元も子もありません。幸いなことに、勇者様の魔法で移動は一瞬で済みますから』

『……わかった』

まずは火竜山に向かう為の準備を整える。

おっさんとカティの意見は一致した。

そして、

「リルム」

おっさんはリルムの名を呼ぶ。

少女の顔は涙でぐしゃぐしゃになっていた。

泣きはらした目は真っ赤になっている。

「俺は、ミーアを助ける為にできる限りのことをする」

必ず助けてやる。

本当はそう約束してやりたかった。

嘘でもそう言ってやるべきだったのかもしれない。

だけど、おっさんにはそれはできない。

そんな約束ができるほど、自分が万能ではないことを知っているから。

「だからリルムも、自分のできることをするんだ」

「……できる……こと……」

母親の命を救う為に、リルムにできることはほとんどないだろう。

いや、大人でもしてやれることはない。

それこそ奇跡でも起こさなければ、ミーアを救うことはできないかもしれない。

だからこそ、

「そうだ。最後まで、諦めずに、やれることをする。約束できるな？」

諦めないことが奇跡に繋がると、おっさんは思っている。

「……っ」

リルムは涙を拭い。

「はい！」

しっかりと返事をした。

おっさんを見つめる少女の瞳には、確かな意志が宿っていた。

「よし。必ず戻ってくる。だから、信じて待ってろ」

おっさんは、ポンと少女の頭に触れた。

力強い笑みと共に。

※

おっさんは行動を開始した。

迅速に冷静に。

カティの助言も聞きながら、すべきことを順序立てて。

「ララーナ、魔力回復薬(マナポーション)を売ってくれ」

「アンクルさん……!?　今、突然現れなかった？」

ムーブで道具屋まで飛んだ為、突然現れたおっさんを見て、ララーナは目を丸くしていた。

「それよりララーナ、魔力回復薬はあるか？」

「少しなら。今朝(けさ)、冒険者の人たちが来て大量に買っていっちゃって……」

「あるだけでいい。売ってくれ！」

「ちょ、ちょっと待ってね」

おっさんに言われて、ララーナはカウンターの下でがたがたと在庫を探し始めた。

「……ごめんなさい。これだけしか……」

残っていた在庫は三本。

「大丈夫だ！　いくらだ？」

「急いでるんでしょ？　持っていって」

「え……？」

「困っている時はお互い様」

ララーナは笑みを向けた。

「助かる」

「いいのよ。でも、もしいつか私が困っていたら、その時はアンクルさんが私を助けてね」

冗談めかしてララーナは言った。

はずなのだが。

「わかった」

おっさんは真顔で返事をした。

「ぁ……そ、そんな風に、真剣に返されると……なんだか照れ……」

「うん？」

「な、なんでもないわ。急いでるんでしょ？」

「ああ、すまない。それじゃあ貰(もら)っていく」

「ええ！　それじゃあま――って、あれ……？」

また明日。とララーナが伝えようとした時には、おっさんの姿は消えていた。

※

続けて、ミランダの酒場へ。

竜撃（ドラゴンスレイヤー）としての、彼女の力を借りるわけではない。

力を借りられれば心強くはあるが、今の彼女は冒険者をやめている。

彼女には、今の彼女の生活がある以上、危険に付き合わせるわけにはいかない。

おっさんはそう考えていた。

ではなぜ酒場を訪れたのかというと。

「ミランダ、炎を防ぐ魔法道具（マジックアイテム）を持ってるって言ってたよな？」

ドラゴンを討伐する際に使った、炎に対する加護が付与される魔法道具を借りに来たのだ。

「あん？　なんだ、アンクルか。もう日も落ちるって頃に珍しいね。リリスと一緒に飯でも食いに来たのかい？」

「あ、もうそんな時間か!?」

なら、ますます急がなくては。

「ミランダ、魔法道具を貸してくれ！　今から火竜山に向かうことになった」

「は……？」

訝（いぶか）しそうに首を捻（ひね）るミランダ。

「もしあれば、貸してくれないか？」

そんな彼女はおっさんの目をじっと見て、

「……ちょっと待ってな」

そう言って、酒場の奥に向かった。

暫くして戻ってくると、

「ほら」

青いペンダントを投げ渡してきた。

「何をするのか知らないけど……あんま無茶するんじゃないよ」

「助かる。この恩は、いつか返す」

「また飯を食いに来てくれりゃいいさ」

彼女はおっさんが嘘を吐く男ではないことを知っている。

だから深い事情は聞かずに魔法道具を貸すことにしたのだ。

まさか、本当に火竜山に行くとは思ってもいないが。

「わかった。みんなで来よう」

「そうかい。期待して——うん？」

先程のララーナの時と同じく。

もう酒場におっさんの姿はなかった。

「はぁ……あたしゃ匂いで酔うほど、酒に弱くなったのかねぇ……」

さっきまでおっさんがいた場所を見つめながら、ミランダはそんなことをボヤくのだった。

※

そして準備を終えたおっさんは、火竜山へ飛ぼうとしたのだが。

『カティ、火竜山に行くにはどうすればいい？　ムーブを使うにしても、正確な場所までは想像ができないんだが……』

地図などを見れば、おおよその位置はわかっても、転移先が大幅にずれる可能性はあるだろう。

『ご安心ください。私が行ったことがあります。これでも聖剣の妖精――歴代勇者様と、様々な冒険に出ているのですから！』

『いや、お前が場所を知っていても、俺が知っていないとムーブが使えないだろ？』

『ですから、今から私の記憶を一部、勇者様にリンクさせます』

『りんく……？』

聞き覚えのない言葉だ。

『今、私たちが言葉を交わすことなく意思疎通しているように、勇者と妖精は記憶も共有することが可能です。とはいえ、あまり多くの共有は魔力の消費が著しいので今回は本当に火竜山の位置情報だけになりますが』

『それで十分だ。早くやってくれ』

『はい！　では、今からリンクしますので』

そう言って、カティはパタパタと飛び、おっさんの額に触れた。

瞬間——カティから火竜山の位置情報が頭の中に流れ込んできた。

それだけと言ったが……火竜山の麓（ふもと）で、カティと冒険者のようなパーティが火竜山へと進む。

——そんな記憶がボヤッとおっさんの脳裏をかすめた。

これは……本当にカティの記憶……？

『勇者様、大丈夫ですか？』

『……あ、ああ』

カティの声と共に、脳裏をかすめた光景は消えていた。

記憶としては残っているが。

『リンクできましたか？　位置情報はばっちりでしょうか？』

カティに言われて、火竜山を思い浮かべる。

『ああ、大丈夫そうだ』

火竜山の位置——その場所のイメージはしっかりと共有することができた。

『では、行きましょう』

『ああ』

こうしておっさんは、ムーブを使い火竜山へと転移した。

※

「ここが火竜山か……」

「ゆ、勇者様、お、落ちたら死んじゃいますからね。き、気を付けてくださいね……」

今、おっさんが立っているのは山頂付近。

カティは下を見て、ぶるぶる震えている。

こいつ、飛べるのに何を心配しているのだろうか？

おっさんはそんなことを考えてしまった。

「カティ。フィアラの涙はどこら辺にあるんだ？　とっとと手に入れて帰るぞ」

ミーアを助ける為。

リルムの笑顔の為。

何より、愛する娘がおっさんの帰りを待っている。

のんびりしている暇はない。

「と、とりあえず、ちょ、頂上を目指しましょう。多分、そこに『いる』はずです」

「わかった」

カティの言葉を聞き、おっさんは火竜山の頂上目指して全力で走るのだったが。

「って、なぁカティ。頂上でいいなら、ムーブで飛んでもいいか？」

「いいえ、それはやめておきましょう。転移先でいきなりガブッといかれても困りますから」

「ガブッ……？」

カティが、ティアラの涙がそこにある。ではなく、そこにいる。と言った意味を、おっさんはもう直ぐ知ることになるのだった。

※

おっさんは疾駆しながら、火竜山の周囲を観察していた。

ここはおっさんが普段、仕事に使っている山とはまるで違う。

まず木がないのだ。

山といえば生い茂る木を連想してしまうのが、おっさんらしい発想だ。

地面は灰のようなものに覆われており、岩のように固い。

火竜山――などと呼ばれているようだが、冒険者が探索するダンジョンと言ったほうが雰囲気として合っているかもしれない。

あちらこちらに大きな穴があり、それが洞穴のようになっていた。

「カティ、あの中はどうなっているんだ？」

「火竜山の内部に繋がっています」

「内部……？」

「はい。中は迷宮のようになっているんです。本来はその迷宮を抜けて、この頂上付近まで来るんですよ」

おっさんは、ムーブを使って一気に頂上付近まで飛んできたが。

実は迷宮を抜けるなどという過程が必要だったとは。

「それより勇者様、注意してください。そろそろ火口に到着します。火口はドラゴンたちの住処になっていますから……」

「……ドラゴンか」

まぁ、いざ戦いになりそうなら逃げればいいだろう。

ムーブを使えば避難することは可能のはずだ。

「しかし……熱いな……」

山頂に近付けば近付くほどに、とんでもない熱さになってくる。

だというのに、カティはおっさんの肩口を掴み、ぶるぶると震えていた。

「怖いのか？」

「あ、当たり前です。何度見ても、ドラゴンだけは慣れません。大きいし、顔は怖いし、火を噴くし……私の中では暴力の象徴のような生物です」

ドラゴンを何度も見る機会自体、普通はそうそうないはずだが。

そんなことを考えているうちに火口に到着。

巨大な火口からはマグマが見えた。

肌が焼けそうなほど熱い。

ミランダから借りた魔法道具(ペンダント)がなければ、この場にいるだけで火傷(やけど)しそうだ。

「勇者様、絶対に火口を覗き込んではいけません」

「わかってる。この熱じゃ近付きたいとも思わない」

「そ、そうじゃありません！　私が心配しているのは――」

カティが何かを口にしようとした。

瞬間――バアアアアアアアアアアアアアアアアアアン！！！！！！！！！！

火口の中心から轟音(ごうおん)が響いた。

耳を劈(つんざ)くような爆発音。

同時に火口からはマグマが噴出し、おっさんの周囲に降り注ぐ。

だが、噴火があったわけではない。

轟音と共におっさんの視界を覆ったのは赤い鱗。

そして、

『汝(なんじ)は……聖剣を持つ者のようだが。一体、この場に何をしに来たのだ？』

頭の中に、直接声が響く。

それはカティの声ではない。

普段は鈍感なおっさんが目を見開く。

そしておっさんは、状況を理解した。

轟音の正体——火口からドラゴンが飛び出してきたということに。

『我の言葉が理解できぬか？』

再び語り掛けられ、おっさんは顔を上げた。

するとドラゴンと目が合った。

だが驚愕(きょうがく)はしても恐怖はない。

「俺はアンクル。樵(きこり)だ」

問われるままにおっさんは答えた。

『樵……？　勇者ではないのか？』

ドラゴンに聞き返された。

「ああ……そうか。一応、ステータス的には樵勇者だな」

『……？　強大な力に反応し目覚めてしまったのだが……我の眠りを妨げる者ではないのか？』

「ああ、あんたと争いに来たわけじゃない」

『ならば何故、この場にやってきた？　人がここに来る理由など、限られているはず？』

ドラゴンからすれば当然の疑問だろう。

普通の人間であれば、まずこの場に来るはずがない。

名をあげようとする冒険者が無謀にも火竜山に挑戦し、そして火口に辿(たど)り着くことすらなく命を落とすのだ。

火竜山内部にはそんな冒険者の亡骸(なきがら)がそこら中に転がっている。

魔法を使い、一瞬で移動してしまったおっさんは、そんなことを全く知らないが。

「その前に俺も聞きたいんだが……」

『……？』

「お前の名前はなんていうんだ？」

『……何？』

「相手が名乗ったら、普通は自分も名乗るものだろ？」

おっさんの返しが、ドラゴン的にも意外だったのだろうか？

神聖さすらも感じさせるその眼差しがきょとんとしている。

「ゆゆゆゆゆゆゆ勇者様！！」

「なんだよ？」

ドラゴンに驚愕し固まっていたカティが、震えながらも声を上げる。

「こ、このドラゴンが――フィアラです」

「え……？」

フィアラ、何度も聞いたその名前。

フィアラ病。

フィアラの涙。

つまり、

「フィアラって、ドラゴンの名前だったのか？」

「いいいいい言ったじゃないですか！　古竜（エンシェントドラゴン）――フィアラですよ！」

聞いとらんわっ！

ドラゴンの巨軀（きょく）を見ながら、おっさんは心の中で妖精に突っ込みを入れた。

直後のこと。

『プッ――プハハハハハハハハハッ！』

ドラゴンは大笑いした。

その巨軀に合わせて、ばったんばったん尻尾も揺れる。

――バターン！

地面に尻尾がぶつかる度にとんでもない地響きが起こる。

その衝撃はおっさんの身体（からだ）が浮かび上がるほどだった。

流石はドラゴン。

その挙動全てが災害レベルだ。

「ぎゃあああああっ!?　し、死ぬうううううううううううッ！！！！？？？？」

おっさんの耳元でカティが泣き叫ぶ。

「カティ、うるさいぞ。少し落ち着け!!」

「勇者様が落ち着き過ぎなんですよ!!」

魔王を倒しにとかなんとかぬかしている割りには、弱虫な妖精である。

ドガーン！！！！！！

バターン！！！！！！

強烈な地響きが続いていたが、次第にドラゴン――フィアラの笑いもおさまっていった。

そして、

『汝……』

凄むドラゴン。

「ゆゆゆゆゆ勇者様!!　怒ってます！　フィアラが怒ってますよ！！！！！」

今のやり取りで怒る要素があったか？

「いや、さっき笑ってただろ?」

「ドラゴンの怒りは大地すら揺るがすんですよ！　知らないんですか!?」

知らないよ。

何せおっさんは、ドラゴンに会うのは初めてなのだから。

『ふむ、中々に愉快だ』

「ほら、怒って――って、え……？」

「おいカティ、怒ってないじゃないか！」

「なんで怒ってないんですかっ！」

俺に聞くなよ。と、おっさんは思った。

『我を知らずに、ここに来るとはな。では――名乗らせてもらおうか。我が名は――フィアラ。古（いにしえ）より生きる火竜の女王』

「お前、女だったのか？」

「見ればわかるじゃないですか！」『見てわからぬか？』

わかりません。

世の中はわからないことばかりだ。

35年間生きてきたが、おっさんは改めてそう思った。

『して、改めて問おう。汝（なんじ）の目的は？』

深紅の瞳がおっさんを射貫（いぬ）く。

まるで心を覗き込むように。

だが、おっさんは深く考えることはない。

ただ、問われたままに答える。

「フィアラの涙と言われる道具(アイテム)があると聞いた。俺はそれを探してる」

『……ほう。なんの為に？』

「俺の弟子の母親が、フィアラ病にかかった。その人を助けたい」

『フィアラ病……か。なるほど。であれば涙が必要なわけじゃ』

ドラゴンは瞳を閉じる。

何か考えを巡らせているようだった。

フィアラという名前が出た時から気になってはいたが。

「フィアラ病も、フィアラの涙も、お前が関係しているのか？」

おっさんは尋ねた。

このドラゴンの名を冠した病。

そして道具(アイテム)。

関係がないはずがない。

『無関係ではないが、我が生み出した病ではない』

「そうなのか」

『……理由を聞かぬのか？』

「お前のせいで生まれた病気じゃないんだろ？　それに今の俺にとっては、事実確認よりもフィアラの涙を手に入れることのほうが大切なんだ。お前はフィアラの涙を持ってるのか？」

『ふっ、可笑しなことを言うのう。涙というのは、目から流れるものであろう？』

うん？

つまりフィアラの涙というのは……？

「ゆ、勇者様、フィアラの涙というのは、古竜――フィアラの流す涙です」

「まんま涙なのか……」

道具と聞いていたので、何かの魔法道具だと思っていた。

「なら話は早い。お前の涙をくれないか？」

おっさんは単刀直入に言った。

『構わぬが……我が涙を渡す代わりに、汝は何ができる？』

「何が……か」

確かに無料でよこせというのは虫が良すぎるだろう。

「何かしてほしいことはあるか？」

『……そうじゃな。我は……楽しみたい』

「楽しむ？　さっき笑ったみたいにか？」

『うむ、そうじゃな』

ドラゴンが首肯した。

首を振るだけでぶわっと風圧が凄い。

「だったら俺が定期的にここに遊びに来よう」

『遊びに……じゃと？』

「そうだ。ドラゴンのお前にとって何が面白いのか俺にはわからないが、何か面白い話ができるかもしれない。さっき俺たちを見て愉快だと言ってただろ？」

『……つまり、それは我が友になると、そういうことか？』

「お前がそれでいいのなら」

「ゆゆゆゆゆゆ勇者様～～～～っ！　また何を恐れ多いことを言ってるんですかっ！　今度こそ本当にフィアラが怒りますよ！」

カティはガチガチぶるぶる震えていた。

『……』

フィアラは怒ってはいない。

しかし、物足りなそうだ。

「それだけでダメなら……面白いかどうかはわからないが、伐採の仕方を教えてやれるぞ！」

『伐採だと……？』

「ああ、俺は樵だからな。木を切るのが仕事だ。だからお前がもし興味があれば、伐採の仕方を教えられる！　どうだ？　お前だって伐採をしたことはないだろ？」

「ば、伐採……ふぃ、フィアラに……勇者様、もうむちゃくちゃですぅ……」

世界の終わりを見たように、全身の力が抜け、項垂(うなだ)れるカティだったが。

『ぷっ……』

最初は小さな笑いが零(こぼ)れ、

『ぶはははははははははっ！』

抑えきれなくなったように、フィアラは大爆笑していた。

『これはなんということか。どれだけ愉快な男だ！　友？　伐採？　この我に!?　聖剣の妖精よ、此度(こたび)の勇者は中々面白い男のようじゃな』

「は、はぁ……ま、まぁ……。ろくでなし勇者ではありますが……」

大笑いするフィアラに、カティは戸惑いビクツキながらも苦笑いを返した。

『ぷっ、ふはははっ、ろくでなしときたか……！』

そして再び大笑いするフィアラ。

するとフィアラの赤い瞳から、ポロッと宝石のようにキラキラした丸い粒が地に落ちた。

『とっ……笑い過ぎて涙が零れてしまったわ……。アンクル、拾うが良い』

おっさんは、その丸い小さな石を拾った。

「これが……」

『我が涙よ。売れば生涯、生活に困らぬだけの金が手に入るぞ？』

ドラゴンの涙だからな。

相当希少なものに違いない
『アンクルよ。それでもお前は血の繋がりもない他人の親を救うのか？』

まるでおっさんを試すように、フィアラは問う。

だが、おっさんが答えに窮することはなかった。

「当たり前だろ。なくしちまった命は、金じゃ買えないんだからな」

人の命は何にも代えられない。

大切な者の命なら尚更。

自分の妻を失ってしまったおっさんだからこそ、強くそう思うのだ。

「それになフィアラ。血の繋がりはなくても、繋がりを持てばもう他人じゃないんだよ」

血の繋がりはなくとも、強く深い絆は存在するとおっさんは思うのだ。

リルムとミーアが親子であるように。

そんな風に考えるおっさんを、フィアラは静かに見つめ。

『……ふっ、なるほど。汝は実に面白い男のようじゃ。気に入ったぞ。我が友、アンクルよ。再びお前に会える時を、我は楽しみにしていよう。その時は伐採とやらを教えてくれ』

「ああ、近いうちに必ずまた遊びに来る。だから、またなフィアラ！」

おっさんの返事を聞き、フィアラは笑みを浮かべる。
見た目は恐ろしいドラゴンであるが、その笑顔にはどことなく愛嬌があった。
こうしておっさんは、フィアラの涙を手に入れただけでなく。
古竜——ドラゴンの頂点とも言える存在と友達になったのだった。

※

おっさんが去った後。
リルムはミーアに寄り添い必死に祈っていた。
（……おかあさん、しなないで……！）
自分にできることなんてほとんどない。
だけど、
『自分にできることをしろ』
リルムは師匠（おっさん）の言葉を思い返す。
だからリルムは、母親（ミーア）が絶対に助かると、諦めずに信じて祈る。
何もできない少女にできることはただそれだけ。
それだけだからこそ、リルムは祈り、そして母親に呼びかけ続けた。

「おかあさん……あたし、しんじてるよ。おかあさんが、たすかるって……」

母からの返事はない。

それでも、リルムはやめない。

「ししょうもね、いま、がんばってくれてるんだよ……。できるかぎりのことをするって……おかあさんを、たすけたいからって……」

返事はなくとも、きっとこの言葉が、母親(ミーア)に届くと信じているから。

「あたしね、ほんとうにうれしかった……。なさけないけど……あたしひとりだったら……きっと、なくことしか、できなかったとおもうんだ……」

リルムは、病気の母親を救えるような、特別な力なんてない。

だけど、

「だけどね……ししょうが、できることをしろって、いってくれたから、なくだけじゃなくて、こうやって……おかあさんに、きもちをつたえられる……」

ただ泣いているよりは、そのほうがずっといい。

「あたしね……おかあさんにひろわれてから、とってもしあわせだった。うちはびんぼうで……たべるものもなくて……つらいこともおおかったけど……。おかあさんが、いつもそばにいてくれたから……」

話し続けながら、リルムは思い返していた。

母親（ミーア）と共に過ごした日々を。

「あたし、いちどもきかなかったよね。なんで……おかあさんは、ちがつながってない、あたしのことをそだててくれるのかって……」

リルムだって、当然わかっている。

自分と母親（ミーア）に血の繋がりがないことを。

「どうして、おかあさんには、しっぽがないの……なんて、きいたこともあったよね」

それを聞くと母親（ミーア）が困った顔で笑って、リルムの頭を撫でた。

だから、リルムはいつの間にか、そのことを聞かなくなった。

リルムは母親（ミーア）を悲しませたくない。

リルムは、母親（ミーア）の笑った顔が大好きなのだから。

何よりそんなことは些細（ささい）な問題だった。

尻尾があろうがなかろうが、母親（ミーア）は誰よりもリルムの母親だったのだから。

「……おかあさんがいてくれるから、あたし、しあわせだよ……。おかあさんは、どう……？」

もしリルムがいなかったら、母親（ミーア）はもっと、幸せな人生を送れたのではないだろうか？

少なくとも、食べ物で苦しむことはなかったんじゃないか？

「あたし……じゃまじゃ……なかったかな……？」

邪魔だなんて思うはずがない。

それがわかっていても、不安になる時はあった。

「あたし……おかあさんのそばに……いて、よかったのかな……？」

優しくて温かい母親（ミーア）の笑みを思い出す。

また、涙が零れそうになってしまう。

ちょっと油断するだけで、気持ちが揺らいでしまう。

心が砕けそうになってしまう。

（……ダメ――!!）

リルムは、師匠（おっさん）と約束したことを思い出す。

諦めない。

自分ができることをする。

「おかあさん……やくそくする……！　あたし、おかあさんをぜったいにしあわせにしてあげる！　おかねをいっぱいいかせいで、たべものも、おおきなおうちもかって、おかあさんにらくさせて――」

違う……。

本当は、違う。

今、こんなことを伝えたいんじゃない。

リルムは零れ落ちそうな涙を拭う。

「おかあさん……ごめん。あたしね……ほんとうは、おかねなんていらない。おかあさんがたすかってくれたら、もう、なにもいらない。ずっとびんぼうでもいい……！」

　心からリルムは叫ぶ。

　自分の本当の想いを。

「だから……！　おかあさん……しなないでよ……いきて……！　あたしも、あきらめないから、おかあさんも——いきることを、あきらめないで……！」

　強く強く、母親（ミーア）の手をぎゅっと握ってリルムは祈った。

　すると反応を返すように、母親（ミーア）がリルムの手を握り返して、

「……リル……ム……」

「おかあさん!?」

　母親（ミーア）が、リルムの名を呼ぶ。

　それは今にも、消えてしまいそうな声だった。

「……わたしは……とって……も……しあわせ……だった……わ……」

「おかあ、さん……」

「リル……ム……。さいご……だから……リルムのかおを……わらった……かおを……みせ……」

　最後……という言葉が、リルムの胸を締め付けた。

「さいごじゃない、さいごじゃないよ……！」

「おね……が……」

リルムの瞳からは、拭っても拭っても、涙がボロボロと零れてしまう。

（……なんで——なんでなんでなんでなんでなんでなんで！）

涙が溢れて止まらない。

それでも、それでも……。

最後だからと……母親が言ったから。

だから、涙を零しながら、必死にリルムは笑う。

不器用な作り笑顔を、母親に向けて。

「おかあさんは、ぜったい、しなないよ！　あたし、あきらめないもん！　ししょうがね、いってくれたから……しんじて、まってろって、いって……」

「……」

ミーアは、ゆっくりと、目を瞑った。

「おかあ……さぁん……」

涙を拭うことすら忘れ、リルムの涙が母親の頬に零れる。

「おかあ、さん、あきらめないで……あきらめないで……！　いきて……ねえ、おかあさん」

「——リルム」

突然、リルムの名が呼ばれた。

その力強い声に、リルムは顔を上げる。

「……ししょう……」

涙で歪(ゆが)んだ視界の先には、師匠(おっさん)がいた。

「よく頑張ったな。今から、ミーアを助けるぞ！」

おっさんはリルムに、フィアラの涙を渡した。

「これは……」

「フィアラの涙は――フィアラ病に罹(かか)った者に愛する者が使うことで、効果を発揮します。だから、リルムさんが使ってください！」

カティは大慌てでリルムに説明した。

その声は届いていないけど。

「願え、リルム。お前ならきっと、ミーアを救える」

おっさんの言葉に、リルムは頷き。

（……おねがい……おかあさんを……たすけて……！）

すると――リルムの願いに呼応するように、フィアラの涙が強烈な光を放った。

その優しい光が部屋中を包み込んだ。

すると、この場にいる者たちの頭の中に何かが流れ込んできた。

それは誰かの記憶だろうか？

鮮明にはわからない。

でも、それはきっと、優しい思い出。

大きな竜──フィアラに笑い掛ける女性の姿。彼女はフィアラの友なのだろうか?

『……ごめんね……。大好きな人がいるのね……。あなたの想い……伝わったから……』

声が聞こえた。多分、竜に笑い掛けていた女性の声だ。

理由はわからないけど、それだけはなんとなくわかる。

そして──気付けば、その光は消えて。

「い、今のは……」

リルムは混乱した頭で周囲を見回す。

でも、

「リルム……」

「え……?」

今起こったことなど、一瞬でどうでも良くなってしまった。

だって、リルムの瞳の先には、失いかけていた笑顔があったから。

「おかあ……さん……」

「うん……」

それはきっと、少女の想いが起こした奇跡。

リルムの祈りは、確かに母親(ミーア)に届いたのだった。

エピローグ　おっさん、家に帰る。～そして新たな始まりへ～

抱きしめ合い喜ぶ母娘(おやこ)の姿を見ながら、おっさんは目頭を熱くさせていた。

（……良かった……。本当に良かった……）

思わず泣きそうになってしまう。

おっさんは娘が生まれてから、涙脆(もろ)くなっているのだ。

『ぐすっ……ぐすっ……うぅ、よがった、よがったでずぅ……。ぶっ、ぶしゅー!!』

カティもボロボロ泣いていた。

やはりなんだかんだで優しいヤツだ。

しかし、俺の服の肩口で鼻を嚙むのはやめてほしいと、おっさんは思った。

少なくとも今は、そんな無粋なことを言うつもりはないけれど。

『勇者様、ぐすん……ね、念の為、ぐすっ……す、ステータスを確認していただけますか?』

カティは泣きながら、意外と冷静にそんなことを言ってきた。

『ステータスを?』

『フィアラの涙の……ぐすっ、効果を信用していないわけでは……すんっ、ありませんが、ミーアさんの状態を、ぐすぐす……確認しておきたいので……』

なるほど。

確かにそのほうがいいな。

言われるままにおっさんはステータスを確認した。

名前：ミーア・セグレタニア　種族：人間（ヒューマン）
職業：リルムの母　年齢：28歳
職業レベル：10
体力：15／58　魔力：80／80
力：38　守備：30
魔攻：66　魔防：82
速さ：20　運：32

技能（スキル）：心読（マインドリード）

状態：フィアラ病　↓　通常

『……うん。大丈夫だ』
ミーアの状態から、フィアラ病は消えていた。
『そうですか……はぁ……これで本当に一安心ですね……』
カティは心底安心したのか、大きく息を吐いた。
こうしておっさんの、初めての冒険らしい冒険は本当に終わりを迎えたのだった。

※

そしておっさんは、二人に声を掛けることなく立ち去った。
本当は一声掛けようと思っていたのだけど、気を遣わせてしまう気がしたのだ。
今日だけは母娘(おやこ)水入らずで過ごしてもらいたい。
今頃、何も言わずに立ち去ったことを、リルムは不満に思っているだろうか？
だが恩を着せたくて二人を助けたわけじゃないのだ。
正直、この行動にはおっさんの自己満足もあった。
（……今度は……助けられたんだな）
おっさんは少し前のことを思い出していた。

自分の妻のことだ。

救いたくても救うことができなかった最愛の人。

（……本当に良かった）

おっさんは今も、自分が勇者になったとは思っていない。

魔王を倒しに行くなんて面倒だとも思っている。

ただ妖精カティとの出会いは感謝したいと思った。

本来、助けることのできない命を、助けることができたのだから。

「どうかしましたか、勇者様？」

「……いや。カティ、約束したことを覚えてるか？」

「……？　なんでしたっけ……？」

魔王を倒しに行けというお願い以外なら一つ聞く。

そんな約束をしたことをカティはもう忘れていた。

「……ま、いいや。思い出したら、その時は……」

「……？　勇者様、それよりも今日は聖剣を――って、あああっ！　もうもう！　言ってるそばからぁ！」

今日も聖剣は見事におっさんの家の前に突き刺さっている。

おかしな光景ではあるが、見方を変えるとおっさんの家を守っているようで心強い気もする。

「さて……ちょっとだけ遅くなってしまった。リリスには謝らないとな」

「勇者様、家に入る前に聖剣を――って、勇者様、お待ちくださいっ！」

おっさんが家に入ろうとした瞬間、カティが声を荒らげる。

「ど、どうしたんだよ……？」

「中に……何か気配が……でも、これは……」

「気配……!?　まさか――魔物が!?」

「それは違います。悪い気配ではありません。それに何かあれば結界が反応しますから」

おっさんを安心させるように、カティは口早に答える。

だが、おっさんにはその声が耳に入っていなかった。

一刻も早く娘のところへ――扉に手を掛け、

「リリス！」

家の中に入る。

すると、

「あ、おとさん、かえってきたよぅ!!」

リリスがバタバタ走ってきた。

「リリス……」

おっさんは思わず、膝の力が抜けてしまった。

良かった。

何事もなかったみたいだ。

「おとさん、おかえり～～～～～！！」

「ああ……ただい――あぐっ……！？」

突撃してくるリリスに、今日はそのまま押し倒されてしまった。

だが、何よりも大切な存在が、おっさんの胸の中にいる。

おっさんはそれだけで、たまらなく幸せな気持ちになった。

「リリス、遅くなってごめんな。お腹、減ったか……？」

「ううん！　だいじょぶ～～！　あのね、あのね、おとさん！」

「うん……？」

なんだかリリスはいつもより、楽しそう……というか、様子がおかしい。

元気があり余っているというか……。

「リリス、どうし――」

「もう、ダメじゃないリリス」

「え……」

突然聞こえた声に、おっさんの心臓が跳ねた。

だって、その声は――。

忘れるはずがない。

忘れられるはずがない。

凛(りん)とした――でも優しくて温かいその声を。

でも……。

そんなはずないと。

おっさんは自らの考えを否定し、昂(たかぶ)る感情を抑えて身体(からだ)を起こす。

だけど、

「あなた、お帰りなさい」

信じざるを得なかった。

おっさんの視線の先には――。

「……ソニ……ア……」

死んだはずの妻――ソニア・フレイルの姿があったのだから。

一難去ったばかりだが――こうして、おっさんの新たな物語が始まることになるのだった。

番外編　リルム、しごとをさがす。

貧民街——貧困層や、身寄りをなくした者、行き場を失った犯罪者が住まう場所。
日々の糧を得ることすら難しく。
ただ生きていくことすら困難で。
力のない者は奪われ死んでいく。
無秩序で、弱肉強食を地で行く世界。
だが……そんな最悪の中にも小さな幸せは存在する。
それを証明するように、貧民街の一角で生活を送る母娘(おやこ)がいた。

※

「う〜ん……」

建物の隙間から入ってくる冷たい風でリルムは目を覚ました。

周囲はまだ暗い。

日が昇るまでは、まだ時間があるようだ。

「リルム……目、覚めちゃった？」

名前を呼ばれて、少女はゴロンと身体を回す。

視線の先には柔らかに笑みを浮かべるミーアがいた。

「おかあさん……。だいじょうぶ、ちょっとさむかっただけ……」

薄い布一枚では、冬の寒さを凌ぐのは困難で、少女はぶるぶると身体を震わせて丸まってしまう。

そんな娘の姿を見て、

「ごめんねリルム……でも、こうすれば！」

ぎゅ！　と、寒さに震えるリルムをミーアは抱きしめる。

リルムの身体は優しい温もりに包まれた。

「あったかい……」

「リルムも、とってもあったかい」

二人は微笑み合う。

身体も温かくなってきているけれど、心はもっとポカポカになっていた。

それから二人は寄り添い合って眠りに就いた。

※

そして時間は過ぎ、日差しが屋根の隙間から入り込んできた。

「……あさぁ……？」

少女はその日差しに誘われるように目を覚ました。

「おはよう、リルム」

「ぁ……おかあさん……おはよう」

ミーアがリルムの頭を撫でた。

くすぐったそうに、でも気持ち良さそうに、リルムは狼耳(みみ)をピクッと震わせる。

ミーアはいつも、リルムよりも早く起きて、娘が目を覚ますまで傍(そば)にいる。

母の温もりを感じられる時間は、リルムにとってとても幸せなものだった。

「ご飯、食べようか」

「うん！」

こうして、仲良し親子の朝が始まった。

※

穏やかな朝の時間――食卓には料理は並んでいない。

そもそも、この家にはテーブルがなかった。

代わりに、木のお皿にパンが一欠けら置かれていた。

貧しい食事ではあるが、食べる物が何もない日もある。

貧民街で生きる者にとっては、何か食べられるというだけでも幸せなことなのだ。

そしてまだ幼いリルム――この時はまだ8歳の少女も、そのことは理解しているのだが。

「……おかあさんのぶんは？」

「おかあさん、まだお腹が空いてないみたい。だから、リルムが食べて」

そう言って、ミーアは慈愛に満ちた笑みを娘に向ける。

いつもは心がポカポカになるその笑みを見ても、リルムの心の中にはもやもやが生まれていた。

ミーアはいつも、自分よりもリルムを優先してくれる。

何をするにしたって、リルムのことを一番に考えてくれていた。

でも、それはとても嬉しいはずなのに、もやもやの原因にもなっていた。

「リルム、どうしたの？」

「……あたしも、まだおなかすいてない」

「あら、そうなの？」

「うん……」

リルムが頷くのと同時に、くぅ～……と、可愛らしい音が鳴った。

それは、リルムのお腹の音だった。

「あ……」

「お腹、空いてるみたいね？」

「……」

お腹が鳴ってしまった恥ずかしさや、嘘を吐いてしまった申し訳なさで、リルムは思わず顔を伏せてしまう。

だけど、ミーアはそんなことで怒りはしなかった。

優しく、でも少しだけ悲しそうに微笑んで、リルムの頭を撫でる。

「ごめんなさい……」

「謝ることなんてない。お母さん、とっても嬉しいわ。リルムの優しい気持ちが伝わってくるから」

昔から、ミーアには隠し事ができなかった。

リルムが何か嘘を吐いても、直ぐにバレてしまうから。

「でもね。子供は遠慮なんてしなくていいの。特に親の前ではね。そのほうが、お母さんは嬉しいもの」

「……うん。ありがとう、おかあさん」

リルムも、ミーアが自分を大切にしてくれていることは理解していた。

だからこそ、リルムのことばかり優先して、自分を後回しにするミーアが心配だった。

（……おかあさんだって、おなか、すいてるはずなのに……。どうしたら、あたしたちはごはんをいっぱい、たべられるようになるかな？）

リルムは子供なりに、そんなことを考えていた。

母娘（おやこ）二人で、いっぱいご飯が食べられること。

それがリルムにとっては、目指すべき幸せだったのだ。

「さて……それじゃあ、お母さんは仕事に行ってくるね。外には出てもいいけど、暗くなる前に帰らないとダメよ」

「うん。おかあさん、いってらっしゃい」

「行ってきます！」

リルムに見送られ、ミーアは仕事に向かった。

※

母親が仕事に出た後。

（……おかあさんに、なにかしてあげたいな）

リルムはそんなことを考えていた。

(……おかあさんは、あたしに、いろいろなものをくれる)

美味(おい)しい食べ物。

母親としての愛情。

楽しいという気持ち。

温かいという気持ち。

一人では決して得ることのできない大切な物を、リルムは貰(もら)っている。

だからこそ、そのお返しをして、感謝の気持ちを伝えたかったのだ。

(……どうしたら、おかあさんは、よろこんでくれるかな?　やっぱり……たべものかな?)

でも、その食べ物を買うにはお金が必要だ。

そして、お金を稼ぐには仕事をする必要がある。

今のリルムでは、沢山のお金を稼ぐことはできないだろうけど。

それでもなんとか食べ物を手に入れて、ミーアを喜ばせたかった。

「よ～し!　おしごとをさがそう!」

即断即決――リルムは家を飛び出すのだった。

※

だが、

「……ガキにできる仕事なんざねぇよ」

仕事がしたいと言っても、大人たちには相手にもされない。

「むぅ……」

思わず不満が声に出てしまった。

仕事がしたいのに、見つからないなんて。

（……おかあさんって、すごいんだな）

仕事をして二人分の食べ物を手に入れて生活を営む。

貧民街の住人にとって、それは簡単なことではない。

そもそも、貧民街にまともな仕事などないのだから。

「……おかあさんは、どんなしごとをしてるんだろう？」

自分の母親の仕事について、リルムは何も知らなかった。

前に尋ねたことはあったのだが、

『う～ん……色々、かな？　貧民街で仕事をしている時もあれば、一般市街で仕事をする時もあるのよ』

こんな言葉が返ってきたのを、リルムは覚えている。

色々なことを頑張らないと、お金を稼いだり、食べ物を貰うことはできない。

でも、だからといって、ここで諦めるわけにはいかなかった。

「……そうだ！」

ミーアの言葉を思い出したことで、リルムは思った。

ここで仕事が見つからないなら、一般市街のほうに行ってみようと。

「きっとあっちなら、しごともみつかるよね！」

そう思い早速行動を開始した。

※

貧民街で暮らすリルムも、一般市街には何度か来たことがあった。

ミーアと一緒に来ることもあれば、一人で町を見て回ることもある。

しっかりと整備された街並みは、貧民街よりも綺麗で、見るもの全てが美しく感じられる。

町を歩く人々も華やかで、いきいきとしていた。

(……みんな、たのしそうだな)

リルムはどんよりしている貧民街よりも、一般市街の楽しい感じが好きだった。

一般市街と貧民街――なぜそんな風に分けられているのか。

それ自体は、まだ幼いリルムにはよくわかっていないけど、こちらの世界はとても眩しいものに見えるのだ。

「うん……ここなら、きっと！」

自分にもさせてもらえる仕事がある。

リルムの心は期待でいっぱいになっていた。

※

少女は駆け足で市場にやってきた。

ここならお店も沢山あるので、自分を雇ってくれる店が一つくらいはあるのではないか。

そう思っていたのだけど。

「悪いが、貧民街の子供を雇う店はないと思うぞ」

結果は変わらなかった。

「……ど、どうして……あたし、なんでもします！　だから……」

「どうしてって……とにかくダメなもんはダメだ」

リルムが尋ねても、納得のいく理由を説明してはくれなかった。

だが、これは当然のことなのだ。

貧民街の人々は身分もはっきりせず、身なりも綺麗とは言えない。

そんな者を雇えば、店にも被害が出てしまう。

特に市場など、客商売なら尚更だ。

「……いいもん。……きっと、さがせばほかに……」

そう信じて、リルムは諦めずに仕事を探したが、どの店も対応は同じだった。

話すら聞いてくれない店もあった。

リルムなりに頑張ってみたけれど、結局、仕事は見つからない。

ダメダメな状況に、リルムはしょんぼりしてしまう。

「……あたしが……こどもだから……ダメなのかな」

だとしたら、早く大人になりたい。

「おとなになったら……おかあさんのことも、いっぱいたすけられるのに……」

自分の力のなさが、少女は悔しくて、悲しくなっていた。

そんな時だった。

「おい」

威圧感のある声に、リルムは振り向いた。

すると、三人組の少年たちが立っていた。

顔立ちや身長を見るに、リルムよりも年上なのは間違いなさそうだ。

「あ、あたし……？」

リルムは緊張で身を固くした。

何かされるんじゃないか？　と警戒していると。

「お前、貧民街から来たのか？」

「……そう、だけど……おにいさんたちは……？」

「おれたちも貧民街から来た。お前、さっきから何をしてんだ？」

三人組のリーダー格なのだろうか？

真ん中に立っていた、猫人（ウエアカッツェ）の少年がリルムに尋ねる。

「あ、あたし……しごとをさがしてて……」

「仕事……？　じゃあ、食い物がほしいのか？」

「う、うん……」

正確には、お金を稼いで食べ物を買いたいのだが。

「そうか。なら付いてこい。ちょうど人手が足りなかったんだ。おれたちの仕事を手伝えば、お前にも食い物をやるよ」

「えーーし、しごとがあるの!?」

「ああ、おれの言った通りにしてくれれば、それだけでいい」

ニヤッと笑う猫人（ウエアカッツェ）の少年。

第三者の目から見るとかなり怪しいが。

リルムにはこの少年が物凄い善人に見えていた。

何せ、仕事を与えてくれる上に、食べ物までくれると言うのだから。

「それじゃあ、作戦を説明するぞ！」

「うん！」

路地裏で四人の子供たちが、ごにょごにょと内緒話を始め。

「え……それだけでいいの？」

話を聞き終えたリルムは、丸い瞳をさらに丸くする。

与えられた仕事が、あまりにも簡単なことだったから。

「ああ、できるよな？」

「うん！　それだけなら、かんたんだよ！」

「なら作戦決行だ！」

そして、リルムの初めての仕事が始まった。

※

リルムは市場に戻り、果物屋にやってきた。

「おじさん！」

「なんだ……また来たのか。何度言われようと、うちじゃ嬢ちゃんを雇えないぞ？」

店主は面倒そうに口を開いた。

実はこの店は、先程リルムが雇ってほしいとお願いした店の一つだった。

「それはもういいの。あのね、ちょっとおはなしをしたいの！」

「話……？　ま、それぐらいは付き合ってもいいが……？」

一体、なんの話をするのか。

疑問に思いながらも、果物屋はリルムと話を続けた。

「えと……えとね……」

リルムは一生懸命、店主と話を続けた。

何せ、これがリルムに与えられた仕事だったから。

『果物屋の店主と話をしてくれ。それだけでいい』

猫人（ウエアカッツエ）の少年に頼まれたのは、たったそれだけだった。

「おじさんはずっと、くだものやさんがしごとなの？」

「ああ……うちは親の代から同じ仕事をしてるからな」

今のところ二人は順調に会話を続けていた。

だが、話というのはいつまでも続けられるものではない。

（……まだかな……？）

合図を出すまで、話を続けてくれとリルムは言われていたが。

「……あっ」

路地裏から三人組の一人が合図を出した。

どうやらもう会話を終えて問題ないようだ。

「うん？　嬢ちゃん、どうし――おっと、いらっしゃい！」

「繁盛してるかい？」

「あ～、まあまあかな？　今日はリンゴがオススメだよ？」

丁度、店にお客が来たことで店主の目もリルムから外れ。

リルムは果物屋から離れて路地裏に向かった。

※

リルムが路地裏に着くと、三人組が食べ物を分け合っていた。

「ほら、これはお前の分だ」

「あ、ありがと――え……？　これって……？」

猫人（ウエアカッツェ）の少年から渡されたのは果物だった。

「お前のお陰で楽に盗めたよ」

「え……？　ぬす……む……」

「ああ。警戒されずに盗むにはどうしたらいいかって悩んでたんだ。おれらが話し掛けたんじゃ、怪しまれるからな」

言われてリルムは理解した。

どうして、ただ話すことが仕事だったのかを。

「……これぜんぶ、さっきのくだものやさんから、ぬすんだの……？」

「そうだ。別に盗みなんて、大したことじゃねえだろ？　貧民街じゃ人殺しだって当たり前なんだから」

「……」

少年の言葉に、リルムは何も答えられなかった。

「どうしたんだお前？」

「……だって、ぬすむなんて……」

「おいおい。お前もしかして、今まで盗みの一つもやったことねえのか？」

「だ、だって……それは、いけないことなんじゃ……」

「生きる為に必要なことだ。おれらみたいな、身寄りのないガキにはな。お前……盗みもせずに、今までどうやって生きてきたんだよ？」

どうやって生きてきたか。

リルムの心の中に、その言葉が響く。

ミーアがいたから、リルムは生きてこられたのだ。

貧民街という過酷な環境においても、母親に甘えることで、なんとか生き延びてこられた。

なら、もしミーアがいなかったら、リルムはどうなっていたのだろうか？

「……ま、いいや。それじゃあ、おれたちは行くぞ。お前もさっさと逃げたほうがいいぜ？　今頃、果物屋のおっさんも、盗みがあったことに気付いてるかもしれないからな」

そんな言葉を残して、三人組は去って行った。

※

（……どうしよう）

三人組が去ってから暫（しばら）くした後も、リルムは動けずにいた。

目的の食べ物を手に入れることはできた。

でも、リルムは素直に喜ぶことはできなかった。

（……このくだものがあれば……おなかはすかなくてすむ……）

リルムは飢餓の恐怖を味わったことがある。

だからこそ、食べ物があるということは幸せなことだと思っている。
（……でも、どうしてだろう）
今はイヤな気持ちで心が満たされていた。
（……たべものがあれば、おかあさんだって、よろこんでくれるかもしれない）
ミーアはいつも、一生懸命に仕事をしてくれている。
朝から晩まで——ずっと働きづめで。
そんなミーアのことが心配で、リルムも何かできないかと思ったのだ。
（……そうだ。たべものがあれば、おかあさんも、きっとよろこん……）
——本当にそうだろうか？
（……もしあたしが、ぬすみをしたとしったら……おかあさんはかなしむかな……？）
今まで一度だって、ミーアがリルムに盗みをしてこいなどと言ったことはない。
それはきっと、ミーア自身が、悪事に手を染めていないからだ。
（……おかあさんは……わるいことなんて、しないよね……）
無限にも思えるほど長い時間、リルムは悩み続け。
（……ごめんなさい、おかあさん）
心の中で謝罪して、リルムは果物を手に持った。

※

その頃。

「ちきしょう！　絶対、さっきのガキだ……」

商品を盗まれたことに気付き、果物屋の店主は憤慨していた。

「……仲間がいやがったんだ。だから話をしようなんて……」

折角、話に付き合ってやったのに。

恩を仇（あだ）で返されたと店主は思っていた。

そこへ。

「あ、あの……」

「あん!?　――てめぇ、さっきのガキじゃねえかっ！」

リルムが戻ってきた。

手には果物を持っている。

「こ……これ……」

「やっぱてめぇが盗みやがったのかっ！」

「ご、ごめんなさい……で、でも……あたし、これをかえしに……」

そう言って、おそるおそる果物を差し出す。

「返しにだ？　よくもまぁ、ぬけぬけとそんなことが言えらぁなっ！」

大切な商品を盗まれたのだから、店主の怒りはもっともだった。

リルムは決して故意に盗んだわけではないが、盗みに協力してしまった事実は変わらない。

「ごめんなさい……」

だから、リルムには謝ることしかできなかった。

それでも店主の怒りは収まらず。

「謝って済む問題じゃねえんだよっ！」

感情に身を任せるように店主は手を振り上げた。

「っ……」

ぶたれる。

リルムは目を閉じ、身を強張らせた。

「……」

なのに、いつまでたっても痛みがない。

恐る恐る、リルムが目を開くと。

「ちょっと、大人げないだろ？」

「……あん？」

一人の男が、少女を守るように、振り下ろされようとした店主の腕を押さえていた。

「あんたには関係ないだろっ！　それともあんたがこの子の親か？」

「はぁ？　あんたバカか？　俺の天使のような可愛らしい娘が、この世界に二人もいるわけないだろうがっ！　この子、この天使のような可愛らしい子が、俺の娘」

娘――という男の言葉に、リルムは目を向けた。

年端もいかない女の子が、男――父親の手を握っていた。

「あんたの娘じゃないなら、それこそ関係ないだろっ！」

「あるね！　あんた、俺の娘の前でその子を殴るつもりか？」

「……は？」

「それを俺の娘が見て、ショックを受けたらどう責任を取ってくれる？　泣いちゃったらどうするんだ？　え？」

なぜか果物屋の店主にキレる子連れの男。

「そ、それは……」

「それにな、子供ってのは宝物だろ？　あんただって自分の子供がいるんじゃないか？　もしその子が殴られたらどう思う？」

「……子供が悪いことをしたなら、大人が叱るもんだろっ！」

「なら叱れ。ただし口でな。殴るのは教育上反対だっ！」

リルムそっちのけで、二人の大人が子供の教育の話を始めた。

その討論は暫く続き……。

「はぁ……もういい。嬢ちゃん、返しに来たってことは、反省してるってことなんだよな？」

店主は疲れたように溜息を吐いてリルムに聞いた。

「は、はい！」

「ならもういい。でも、次やったら衛兵に突き出すからな」

「も、もうしません……」

そして果物屋はリルムの持っていた果物を受け取った。

問題が解決したのを確認したからか、子供を連れた男が踵(きびす)を返す。

「あ、あの……！」

リルムは礼を言おうと急いで声を掛けた。

だが、男は振り向きもせずに去ってしまったのだった。

※

それから日が暮れて、リルムは家に帰ってきた。

結局、仕事も見つけられず、食べる物も手に入っていない。

それどころか、悪いことをしてしまったという罪悪感がリルムの胸には残っていた。

「ただいま～。リルム、お腹空いたでしょ？」

ミーアが帰ってきた。

「……おかあさん」

でも、母の顔を見た途端、リルムはなんだか泣きそうになってしまった。

そんな娘の様子に、ミーアは直ぐに気付いた。

「リルム……どうかしたの……？」

「……」

リルムは迷っていた。

今日あったことを、話したほうがいいだろうか？

でも、自分がしてしまったことを聞いたら、ミーアは悲しむかもしれない。

リルムの胸には様々な感情が渦巻く。

だが、リルムは悩んだ末に、今日あったことを包み隠さず話すことに決めた。

※

話を終えた後。

「そう……そんなことが……」

少し落ち込んだようなミーアの声を聞いた途端、リルムは怖くなった。

怒られることがではない。

自分が悪いことをしてしまったことで、ミーアが悲しんでいるのではないか。

それが、たまらなく怖かったのだ。

「……ねえ、リルム」

名前を呼ばれて、リルムは反射的に顔を伏せてしまった。

「……」

「顔を上げて、こっちを見て」

リルムは、ゆっくりと顔を上げた。

「あたし……おかあさんを……かなしませた……？」

「どうして、そう思うの？」

「だって、物を盗むのっていけないことなんでしょ？」

「でも、お母さんは、盗みが悪いことだって、リルムに教えてこなかった。だから、お母さんも悪いの」

「……おかあさんは、わるくなんて……」

「でもねリルム。どうしてお母さんが、盗みが悪いことだって教えなかったかわかる？」

「……え……」

答えられないリルムを見て、ミーアは話を続けた。

「あのねリルム。他人の物を奪うっていうのは悪いことなの。それは絶対に忘れてはダメ。でもね、一緒に盗みをした男の子が言っていたことは、この貧民街では間違っていない。生きていくってとっても大変なことだから」

生きていくことの大変さ。

今日一日でリルムにもそれはわかった。

もしミーアがいなかったら、きっとリルムみたいな子供は直ぐに死んでしまうだろう。

「じゃあ、たべもの……もってかえってきたほうが、よかったかな……？　おかあさん、そっちのほうが、うれしかった？」

「ううん、嬉しくない。だってお母さんは、リルムに悪いことなんてしてほしくないもの」

「え……」

「いくらお腹がいっぱいになったって、悪いことをして手に入れた食べ物なんて、お母さんは美味しく食べられない。胸がもやもやしちゃうと思う」

胸のもやもや。

盗みをしてしまった後、リルムもずっと胸が……心の中がもやもやしていた。

このもやもやは、リルムにとってもイヤなものだった。

きっと、ミーアが感じるだろうもやもやも、リルムと同じものだから。

こんな気持ちを、ミーアに感じてほしくはない。

だけど、ならどうしてミーアは、リルムに盗みがいけないことだと教えなかったのだろうか？

そんな疑問をリルムが感じていると、

「リルムが真っ直ぐ育ってくれて、お母さん、とっても嬉しい。でもね、それでもねリルム。悪いことをしなくちゃ生きていけないほど、追い詰められてしまったら、たとえ盗みをすることになったとしても、お母さんはリルムに生きてほしいよ」

ミーアが自分の想いを告げた。

絶対に悪いことだと、ミーアがリルムに教えていたら。

きっとリルムは、何があっても盗みはしなかっただろう。

それがもし、自分の死に繋(つな)がるようなことになるとしても。

だが、リルムはミーアの想いを知ったから。

「……わかった。でも、やっぱりわるいことはできるかぎりしないようにするね。おかあさんのことをかなしませたくないし、あたしも、こころがもやもやしちゃうから……」

母の想いを汲(く)んだ上で、リルムは自分の心に決めた。

そして、愛娘(まなむすめ)の想いを受け取ったミーアは、リルムを優しく抱きしめるのだった。

※

数年後——奇しくもリルムは、生きる為に盗みをすることになる。
それは、少女の運命を大きく変える出会いに繋がるのだが——それは既に、語られた話である。

あとがき

読者の皆様、はじめまして。

そして、この本を手に取っていただき、ありがとうございます！

作者のスフレと申します。

この度は『おっさん、聖剣を抜く。～スローライフからそして伝説へ～』を読んでいただきありがとうございます！

樵(きこり)のおっさんの物語はいかがだったでしょうか？

ここまで読んでくださった読者の皆様はご存じの方も多いかと思いますが、この物語は『小説家になろう』で連載しているＷＥＢ小説を改稿し、書き下ろしを加えて書籍化させていただきました。

書籍版からこの物語を読んだという方は勿論ですが、ＷＥＢ版を読んでくださっている方にもより物語の面白さやキャラクターの魅力を伝えることができたなら作者として嬉しい限りです。

主人公のおっさんやその娘であるリリス、聖剣の妖精カティに、狼人(ウェアウルフ)の少女リルムなどなど、彼らが紡いでいく物語に今後もご期待ください！

それでは謝辞に移らせていただきます。

この物語の出版にあたりまして、多くの方にご協力していただきました。

担当編集者様は勿論、アース・スターノベル編集部の皆様には、様々なご尽力をありがとうございました！

イラストを担当してくださった猫猫 猫先生。素敵なイラストをありがとうございます！

どのキャラクターも魅力的に仕上げていただけて本当に作者は幸せ者です！

また、この本に関わってくださった全ての方にこの場を借りて感謝させていただきます。

そして何より読者の皆様へ深い感謝を。

ＷＥＢ小説が書籍化されるというのは、編集部は勿論ですが読者の皆様があってのことです！

書籍版だけではなく、ＷＥＢ版も引き続き楽しんでいただけますよう頑張っていきますので、どうかよろしくお願いいたします！

それではお会いできるようなら第二巻で。

スフレ